PASA UNA NOCHE
EN EL
LABERINTO DE
LA MEDIAN
RECODOS TENTADORES Y
D0764678
¡UN CALLEJÓN SIN SALIDA!
HorrorLandia

PASA UNA NOCHE
EN EL
LABERINTO DE
LA MEDIANOCHE
Y CURVAS
ESCÁPATE
DE
HORRORLANDIA
¡UN CALLEJÓN
SIN
SALIDA!
HorrorLandia

¡UNA NUEVA SERIE DE CUENTOS TENEBROSOS!

NO. 1 LA VENGANZA DEL MUÑECO VIVIENTE

NO. 2 ESPANTO MARINO

NO. 3 SANGRE DE MONSTRUO AL DESAYUNO

NO. 4 EL GRITO DE LA MÁSCARA MALDITA

NO. 5 EL DR. MANÍACO CONTRA ROBBY SCHWARTZ

NO. 6 ¿QUIÉN ES TU MOMIA?

NO. 7 MIS AMIGOS ME LLAMAN MONSTRUO

NO. 8 SONRÍE Y ¡MUÉRETE CHILLANDO!

NO. 9 BIENVENIDO AL CAMPAMENTO DE LAS SERPIENTES

NO. 10 ¡AUXILIO! ¡TENEMOS PODERES EXTRAÑOS!

NO. 11 ESCAPE DE HORRORLANDIA

ESCAPE DE HORRORLANDIA

R.L. STINE

SCHOLASTIC INC.

Originally published in English as Goosebumps HorrorLand #11:
Escape from HorrorLand

Translated by Jorge Domínguez

ISBN 978-0-545-66515-5

Goosebumps book series created by Parachute Press, Inc.

12 11 10 9 8 7 6 18 19/0

Printed in the U.S.A. 40

First Scholastic Spanish printing, August 2014

ESCÁPATE DE HORRORLANDIA

ESCAPE DE HORRORLANDIA

1

Los seis niños nos rodearon a mi hermano Luke y a mí. Tenían los puños cerrados y nos lanzaban dardos con las miradas.

Ya sé, ya sé. Esa es una manera bien rara de comenzar un cuento, pero es que todo es raro en HorrorLandia. Luke y yo acabábamos de conocer a aquellos chicos, y ya estaban enojados con nosotros.

Me llamo Lizzy Morris. Tengo trece años y mi hermano tiene once.

Luke y yo fuimos a HorrorLandia hace un año, y allí vivimos algunas aventuras escalofriantes. Luego, hace unos meses, nos enteramos de que algo andaba muy mal en el parque.

Uno de los horrores, así es como les dicen a los trabajadores del parque, comenzó a enviarnos misteriosos mensajes por correo electrónico. Nos contó sobre unos muchachos que estaban metidos en graves problemas.

Comenzamos a investigar sobre lo que estaba sucediendo en HorrorLandia y escribimos un blog en el que relatábamos nuestros hallazgos.

Descubrimos que catorce chicos habían sido invitados a pasar una semana gratis como invitados especiales en el parque y que, desde que llegaron, comenzaron a ocurrir cosas espeluznantes.

Los chicos pensaban que sus vidas corrían peligro. ¡Alguien estaba tratando de asustarlos! Y por eso estaban desesperados por escapar de HorrorLandia.

Al mismo tiempo, los chicos descubrieron que existía otro parque llamado Parque del Pánico al que solo se podía llegar viajando a través de un espejo.

Sé que parece increíble, pero déjenme terminar. Ocho chicos lograron escapar al Parque del Pánico, creyendo que estarían más seguros allí.

Pero los otros seis aún estaban en HorrorLandia, y se molestaron mucho con Luke y conmigo porque les dijimos que no debían ir al Parque del Pánico.

No me importó que se molestaran. Al fin y al cabo, Luke y yo conocíamos sus nombres porque habíamos estado investigando sobre el parque, pero ellos jamás nos habían visto.

Y ahora, para colmo, nosotros les aconsejábamos que no fueran al Parque del Pánico.

Nos miraban dudosos.

—¿Quiénes son ustedes? ¿Por qué tratan de engañarnos? —preguntó Matt Daniels.

Era un chico alto y atlético. Matt y Carly Beth Caldwell parecían ser los líderes del grupo. La chica era bonita, bajita y con pinta de duende. No parecía una niña de doce años.

—No estamos tratando de engañarlos —dijo Luke—, sino de ayudarlos.

—Hemos estado investigando sobre los dos parques —les dije—. Y nos parece que estarían más seguros en HorrorLandia.

—Ustedes son espías de los horrores —gritó Robby Schwartz—. Nosotros sabemos que en HorrorLandia estamos en peligro.

—¿Para quién trabajan ustedes? —preguntó Jackson Gerard. Su hermana gemela, Jillian, nos miraba enfurecida. Los dos eran altos, con el pelo castaño muy lacio y los ojos negros.

—¿Trabajas para el superhéroe maníaco, ese que dice llamarse "El Guardián"? —preguntó Jackson—. Él también está tratando de impedirnos salir de aquí.

—No... nosotros no trabajamos para nadie —dije tartamudeando—. Ya les dije: Luke y yo hemos hallado un montón de información sobre los parques, y pensamos que el Parque del Pánico es una trampa.

Algunos de los chicos respondieron de manera sarcástica. Carly Beth miró hacia arriba con impaciencia.

—¿Tienen pruebas? —preguntó.

—Bueno… no —le dije—, pero…

—Ocho amigos nuestros están allí —dijo Matt—. ¿Quieren decirme que cayeron en una trampa?

—Si es cierto, entonces tenemos que ir a donde están para rescatarlos —dijo Julie Martin.

El sol brillaba en lo alto y estábamos en la orilla de la Laguna Negra. Oía los aullidos provenientes del Bosque de los Lobos que se hallaba a mi derecha. Robby miró a nuestro alrededor.

—Tenemos que apurarnos —dijo—. Los horrores nos están buscando. No podemos quedarnos aquí discutiendo con dos chicos que ni siquiera conocemos.

—Pero Luke y yo estamos tratando de ayudarlos —insistí.

Jillian se me acercó y me clavó los ojos. Después de un momento, miró a los demás.

—Le he leído la mente y no debemos hacerle caso; está mintiendo —afirmó Jillian.

—¿Qué? —dije asombrada—. ¡De ninguna manera!

—Estoy segura de que está mintiendo —dijo Jillian.

Tragué en seco. Las manos me temblaban.

—¿Tú puedes leer la mente? —pregunté tartamudeando.

Jillian me miró con desprecio.

—Mi hermano y yo tenemos poderes especiales —dijo—. Leí tus pensamientos, Lizzy. Sé que no estás diciendo la verdad. Seguro que trabajas para los horrores.

Y fue en ese momento cuando los seis chicos se nos acercaron aún más.

—¡Estoy diciendo la verdad! —grité—. ¡Y no trabajamos para los horrores!

Me daba cuenta de que esos chicos simplemente estaban desesperados y aterrorizados.

Pero siguieron acercándose.

—¡Les juro que estoy diciendo la verdad! —chillé—. No nos peguen. ¡No nos peguen!

Matt agarró a mi hermano por los hombros.

—Será mejor que no caigas en la lista de la gente que no soporto —gruñó.

—Cálmate, chico —dijo Luke—. Solo queremos ayudarlos. Lizzy y yo...

—¡Sabemos muchas cosas sobre el Parque del Pánico! —grité—. Cosas sobre las que tú no tienes idea.

Los chicos nos miraron con rabia. La tensión se sentía en el aire y Matt no soltaba a Luke.

—Está mintiendo —insistió Jillian—. Estoy leyéndole la mente. No sé por qué lo hace, pero sé que nos miente.

—Denme una oportunidad —dije—. Déjenme decirles algo sobre el Parque del Pánico, ¿está bien?

—Está bien —dijo Carly Beth—. A ver, di algo que sepas sobre el parque.

—El parque no existe —dije.

Hubo un breve silencio, y a continuación todos se echaron a reír.

—Estás loca —concluyó Jackson.

Julie me miró con incredulidad.

—Si el parque no existe, ¿cómo fueron a parar allí ocho de nuestros amigos?

—¡Basta! —gritó Matt—. ¡Cállense ya! Estos dos están tratando de que no nos vayamos para que los horrores nos atrapen.

Matt levantó a Luke en peso. Mi hermano trató de darle una patada, pero Matt era demasiado fuerte.

—¡Suéltame! —chilló Luke.

Julie, Jackson y Carly Beth se acercaron a mí. Estaban furiosos.

—A ver, dinos en realidad qué hacen aquí —dijo Jackson.

Antes de que pudiera responder, dejaron escapar un grito despavorido. Nos volteamos y vimos a un horror muy alto que venía corriendo hacia donde estábamos.

—¡Nos atraparon! —gritó Matt soltando a mi hermano.

Los chicos se voltearon para salir corriendo, pero enseguida se detuvieron.

—¡Es Byron! —dijo Robby Schwartz—. No lo puedo creer. Es Byron.

El horror era grande y muy fuerte. Tenía la pelambre morada y llevaba un overol verde. La luz de la tarde se reflejaba en sus pequeños cuernos amarillos. Miraba a uno y otro lado como buscando algo.

—Byron, ¿dónde te metiste? —preguntó Matt.

—¿Qué pasa? —dijo Jillian.

—No hay tiempo para explicaciones —dijo Byron jadeando—. ¿Están bien? Y los demás, ¿escaparon al Parque del Pánico?

—Todos escaparon —dijo Matt—. Tratamos de seguirlos pero...

—No tienen tiempo que perder —respondió Byron—. Los otros horrores están buscándolos por todo HorrorLandia, y están furiosos. Soy el único que está de su parte. Créanme, no pueden dejar que los atrapen.

—¿Y qué podemos hacer? —preguntó Carly Beth—. ¿Puedes sacarnos de aquí?

Byron no respondió. Nos miraba directamente a Luke y a mí.

—¿Quiénes son ustedes? —preguntó—. Ustedes no son invitados especiales.

—Nosotros... estamos tratando de ayudarlos a ellos —dije tartamudeando.

—Pero nosotros creemos que trabajan para los horrores —le aclaró Jackson a Byron—. Están tratando de impedir que escapemos.

—No trabajamos para nadie —dije—. Hemos descubierto algunas cosas sobre el Parque del Pánico y pensamos que es peligroso.

—Estás equivocada —dijo Byron negando con la cabeza—. Vengan conmigo y muy pronto sabrán dónde estarán a salvo y dónde corren peligro.

Entonces miró a su alrededor y nos indicó con un gesto que lo siguiéramos.

—¿Adónde vamos? —preguntó Matt.

—Creo que los puedo sacar de aquí —respondió Byron—, pero hay que apurarse.

Jackson apretó el paso hasta alcanzar a Byron.

—¿Pero por qué dejas que Lizzy y Luke vengan con nosotros? —le preguntó—. No queremos tenerlos cerca.

—Es mejor que estén con ustedes —dijo Byron—. Es mejor así.

—Pero... pero... —comencé a decir, pero las palabras no me salían de la boca—, Luke y yo estamos de su parte.

Me di cuenta de que nadie me creía.

—Perfecto. Así podré leerles la mente —dijo Jillian—. De esa forma vamos a enterarnos de lo que realmente piensan.

Sentí que un escalofrío me recorría la espalda. Nadie confiaba en nosotros.

"Tenemos que demostrarles que estamos de su parte —pensé—. Pero, ¿cómo?"

El sol aún alumbraba en lo alto del cielo. Por alguna razón, el parque había cerrado más temprano ese día. No había nadie. Los quioscos de la

Plaza de los Zombis estaban vacíos. Las atracciones no estaban funcionando. Solo el ruido de nuestros pasos rompía el silencio espeluznante que reinaba allí.

Seguimos a Byron hasta el área de los juegos. Vi a un horror que estaba junto al Tiro de Cabezas. Estaba poniendo en un estante unas cabezas que parecían humanas. Ni siquiera se volteó para mirarnos cuando pasamos corriendo.

De pronto, Byron se detuvo y cambió de dirección. Nos llevó por detrás de los juegos hasta un edificio negro que había al final de un camino. El edificio tenía el techo plano y una sola puerta. No tenía ningún letrero.

Nos acercamos a la puerta. Nadie decía nada. ¿Habría allí una entrada al Parque del Pánico? Byron le dio la vuelta al picaporte.

—Está cerrada con llave, pero eso no será un problema —dijo, y entonces miró a Matt—. Ábrela con la tarjeta que te di para el Parque del Pánico.

Matt buscó en los bolsillos de sus jeans y sacó una tarjeta plástica gris.

—Date prisa —le dijo Byron.

Matt metió la tarjeta en una ranura que había en la puerta, le dio vuelta al picaporte y la puerta se abrió.

En el interior del edificio la oscuridad era total.

—Dense prisa. Entren, entren —susurró Byron empujando suavemente a Matt.

Nos adentramos en un pasillo muy estrecho. No veíamos nada. La única luz era la que provenía de la entrada.

¿Dónde estábamos? Esperé a que mis ojos se adaptaran a la oscuridad. Poco a poco comencé a distinguir detalles… y me quedé sin aliento.

—Son espejos —exclamó Carly Beth, golpeándome con el hombro cuando se inclinó hacia el cristal—. Es un salón de espejos.

—Imposible —dijo Robby en la oscuridad—. En HorrorLandia no hay espejos.

Estábamos apretujados unos contra otros en el estrecho pasillo. El aire se sentía húmedo y caliente. Una gota de sudor me corrió por la frente.

En la semioscuridad, pude ver nuestros rostros reflejados en los espejos. Todos parecíamos asustados y sorprendidos.

—Miren, hay cientos de Lukes ahí —dijo Luke poniéndose a bailar.

—Byron, ¿de dónde salieron estos espejos? —preguntó Carly Beth.

—Antes no había espejos aquí, ¿verdad? —dijo Julie.

—¿Byron?

Nos volteamos hacia la puerta por donde entraba un haz de luz.

—Se fue —dije—. Nos ha abandonado. Estamos solos.

—¿Por qué se habrá ido sin decirnos nada? —preguntó Carly Beth.

—No te acobardes ahora —dijo Matt—. Byron nos trajo hasta aquí. Y nosotros tenemos que seguir adelante.

—Sí, sabemos lo que hay que hacer —dijo Jackson—. Por estos espejos entraremos en el Parque del Pánico.

Luke se apretujó contra mí.

—Lizzy... —me susurró.

—Piensan que allí no correrán peligro —le dije—. Y Byron piensa lo mismo. Si les decimos que no vayan, no querrán que los ayudemos.

Carly Beth alzó una mano hacia un espejo. Vi como sus dedos se hundían en el cristal.

—Es... blando —murmuró—. El cristal es blando como la gelatina.

—Respiren profundo —dijo Matt—. Vamos a entrar, vamos a pasar a través de estos espejos —dijo.

Era uno de los chicos más valientes del grupo, pero me daba cuenta de que tenía tanto miedo como yo.

—Parque del Pánico, ¡allá vamos! —gritó Jackson.

Avanzó hacia el espejo y su cabeza se adentró en el cristal seguida de su cuerpo.

Lo vi alejarse en el espejo. Se veía cada vez más pequeño, hasta que desapareció en la distancia.

Luego le tocó a Carly Beth. Inclinó la cabeza con las manos extendidas hacia delante y penetró en el cristal líquido.

Miré a Luke. Tenía las manos metidas en los bolsillos de los jeans y se mordía el labio inferior mirando fijamente al espejo.

—Lizzy... ¿de veras vamos a meternos? —me preguntó bajito.

—Sí —le respondí—, ahora mismo.

—Pero... ¿lograremos hallar el camino de regreso? —preguntó.

La pregunta me produjo un escalofrío. No tenía la respuesta.

Tomé a mi hermano de la mano y nos metimos en el espejo.

4

—¡Eh! —grité en el momento en que mi cara se hundió en el suave cristal.

Estaba mucho más frío de lo que esperaba. Sentí un hormigueo en las mejillas. Una sustancia viscosa me envolvía la cabeza.

Di un paso. Y otro. Tenía que usar todas mis fuerzas. Era como avanzar en una piscina de espuma muy espesa.

Sentí un dolor en el pecho y me di cuenta de que estaba conteniendo la respiración. Exhalé. ¿Podría respirar en medio de ese espeso mejunje?

Aspiré un poquito de aire y luego un poco más. El aire me congelaba la nariz. Di otro paso extendiendo los brazos hacia delante.

Todo estaba muy oscuro. Y hacía frío. La sustancia viscosa me envolvía por todas partes. Me volteé hacia mi hermano.

—¿Luke? —mi voz sonaba vacía, apagada por el cristal líquido—. Luke, ¿estás ahí?

No lo vi. Estaba demasiado oscuro.

Haciendo un esfuerzo, seguí hacia delante. Trataba de no respirar. El aire gélido me quemaba la nariz.

Todo el cuerpo me temblaba. Me movía lentamente en la oscuridad, tratando de escuchar a Luke... o a los demás. Pero a mi alrededor todo era silencio. Un silencio aterrador.

Di otro paso. Me temblaban las piernas.

"Es como caminar en una pesadilla —pensé—. O como caminar en el fondo del mar".

Me sentía sola, completamente sola.

¿Terminaría aquello?

En ese momento sentí que me agarraban una mano y me halaban con fuerza.

Abrí la boca para gritar, pero no me salió la voz.

Y entonces sentí que caía en medio de la espesa oscuridad.

5

Sentí una ráfaga de aire cálido.

La sustancia viscosa que antes me envolvía desapareció mientras yo caía hacia adelante. La oscuridad pasó del negro al gris, y pude ver quién me halaba para sacarme del espejo: ¡Luke!

Me dio otro tirón y terminé junto a él.

Abrí y cerré los ojos varias veces tratando de adaptarme a la débil luz.

—Lizzy, ¿estás bien? —resonó la voz de mi hermano en mis oídos.

No podía creer que hubiese terminado el profundo silencio.

—Creo que sí —dije con voz entrecortada.

Miré a mi alrededor. ¿Habría regresado al punto de partida?

En ese momento, Matt salió de uno de los espejos dando tumbos. Se agarró a Jillian para no caerse. Julie sacudió la cabeza con fuerza, como si estuviera tratando de quitarse la sustancia viscosa del cabello.

Luke dejó escapar una risita nerviosa.

—¡Qué cosa tan rara! —dijo.

—Estamos de vuelta en el Salón de los Espejos —dijo Robby—. ¿Hicimos algo mal?

Matt me dio un empujón para abrirse paso y fue hacia la puerta. La abrió y se asomó afuera.

—Esto es increíble —dijo—. Vengan a ver.

Todos fuimos corriendo hasta la puerta, y sentimos una agradable bocanada de aire fresco en nuestras caras.

Salí afuera con los demás chicos, y enseguida me di cuenta de que estábamos en otro parque.

Vi una noria en la distancia y justo al lado una montaña rusa muy empinada.

También se veía una tienda de campaña sobre el pasto que teníamos en frente. En el interior de la tienda se podía percibir un aparato de estilo antiguo con cisnes de madera.

—Lo... lo logramos —gritó Carly Beth—. Este tiene que ser el otro parque.

—El Parque del Pánico —susurró Julie—. ¿Lo pueden creer? ¡Estamos en el Parque del Pánico!

Me restregué los ojos.

—¿Y por qué todo se ve en blanco y negro? —pregunté.

Nadie me respondió, solo miramos a nuestro alrededor.

Todo era gris: la tienda, la hierba, los árboles, las atracciones.

—Todo se ve opaco —dijo Robby—. Como si le hubiesen borrado los colores.

Me quedé sin aliento al ver un grupo de personas pasar junto a nosotros.

—¡Miren! —gritó Luke—. Ellos también se ven en blanco y negro.

De pronto me di cuenta de que el parque estaba lleno de gente. Junto a la tienda donde estaban los cisnes había una larga fila de personas esperando para entrar. Veía grupos de personas que iban de un lado a otro.

Todo se veía en distintos tonos de gris. No se veía ningún otro color por ninguna parte. Y la ropa que llevaba la gente era muy rara, parecía antigua.

Nadie se volteó a mirarnos. Nosotros teníamos nuestros colores de siempre, pero nadie parecía notarlo.

—Esto es muy raro —dijo Carly Beth—. Es como si hubiésemos entrado en una película en blanco y negro.

—Vamos a explorar —dijo Matt—. Tenemos que encontrar a nuestros amigos.

—Sí. Y quizás ellos nos puedan explicar qué pasa en este lugar —dijo Robby.

—Por lo menos aquí no corremos peligro —dijo Jillian—. Al fin salimos de HorrorLandia.

Se volteó y me clavó la mirada como si esperara que la contradijera.

Pero yo no dije nada. Seguí a Matt y a Carly Beth, que iban adelante.

Pasamos junto a la tienda de los cisnes. Detrás de la misma había un camino que llevaba a un complejo de edificios blancos con puertas negras.

Frente a uno de los edificios había una larga fila de personas. El edificio tenía una calavera al frente que parecía sonreír y un letrero en blanco y negro que decía: LA CASA DE LOS GRITOS.

Cerca de allí un grupo de personas grises, como sombras, miraban atentamente hacia un hoyo negro y profundo. Frente a ellas había un letrero que decía: EL HOYO DEL HORROR.

—Este parque es inmenso —susurró Julie—. ¿Cómo vamos a encontrar a los demás chicos?

—Tengo una idea —dije.

Jillian me miró con mala cara.

—Quieres regresar a HorrorLandia y olvidarte de ellos, ¿verdad?

—De ninguna manera —dije—. No me trates así, solo estoy tratando de ayudar.

—Podrías ayudarnos yéndote de aquí —replicó Jillian—. Sabemos muy bien que tú y tu hermano son espías de los horrores.

—Mentira —dije—. Te juro que estás equivocada, Jillian. Estás totalmente equivocada.

Vi a una niña que andaba sola por allí y me acerqué a ella. Su ropa era gris y su pelo negro era largo y ondulado. Su cara tenía un color gris muy pálido.

Cuando me miró, vi la tristeza reflejada en su rostro. Tenía ojeras y sus mejillas grises estaban hinchadas y con rastros de lágrimas. Me incliné hacia ella.

—¿Has visto a un grupo de ocho niños andar por el parque? —le pregunté.

La niña comenzó a temblar. Me habló con una vocecita de ratón que apenas lograba escuchar.

—Yo desaparecí —me dijo.

Me quedé boquiabierta.

—¿Qué dices?

—Desaparecí —repitió la niña—. Desaparecí. ¿Podrías encontrarme?

Los otros chicos se acercaron a nosotras.

—¿Ha visto a nuestros amigos? —preguntó Julie.

—No... no sé —balbuceé, y me volteé hacia la niña—. ¿Estás perdida?

La niña me miró fijamente con sus ojos tristes.

—¿Me podrías encontrar? —susurró—. Yo desaparecí. Desaparecí. Desaparecí. ¿Podrías encontrarme?

Lágrimas grises le corrían por las pálidas mejillas.

Traté de consolarla poniéndole la mano en el hombro... ¡*y mi mano atravesó su cuerpo*!

Me quedé congelada. Retrocedí tambaleándome, tratando de alejarme de la niña.

Las lágrimas de la pequeña abrieron profundos surcos en sus mejillas pálidas. Sus escuálidos hombros se hundieron.

—Por favor, encuéntrame —susurró—. Desaparecí. Por favor, encuéntrame.

—Trataré de encontrarte —le dije.

No sabía qué más decirle.

Jillian se acercó y miró a la niña.

—Estoy tratando de leerle la mente —dijo—. Pero lo único que escucho es estática. Como si la señal fuera demasiado débil o estuviera demasiado lejos.

En ese momento, un hombre y una mujer jóvenes se acercaron por detrás de la niña. Llevaban camisetas y *shorts* negros. Tenían la piel del color de la ceniza.

—Todos nosotros desaparecimos —dijo la

mujer. Sus ojos grises parecían vacíos, como si fueran de cristal transparente.

—Todos desaparecimos cuando desapareció el parque —dijo el hombre—. Somos las sombras. Somos sombras de personas.

—No te entiendo —dije—. ¿Sombras? ¿Qué quieres decir?

—Somos lo que quedó —dijo el hombre. Su voz sonaba apagada—. El parque desapareció, y nosotros desaparecimos con él.

—Encuéntrame —repetía la niña—. ¿Puedes encontrarme?

—¿Quieres decir que... han muerto? —preguntó Matt.

—No. Somos lo que queda —dijo la mujer—. Somos las sombras que quedaron cuando desaparecimos, ¿no lo ves?

—No entiendo —dijo Matt.

Otras personas grises se acercaron. Niños y niñas con sus padres. Un grupo de adolescentes que parecían muy tristes.

—Yo desaparecí —dijo la niña. Comenzó a sollozar. Su cuerpo temblaba—. ¿Me puedes encontrar? ¿Me podrías encontrar *en alguna parte*?

Las sombras nos rodearon y comenzaron a moverse en círculo. Todas hablaban con sus voces tenues y escalofriantes.

—Somos lo que quedó.

—¿Adónde nos fuimos?

—¿Nos podrían encontrar?

—Desaparecí. Por favor, búsquenme.

—Ahora soy solo una sombra. Todos somos sombras. Todo es tan opaco y oscuro en este lugar.

—¿Adónde nos fuimos?

Mientras murmuraban, iban dando vueltas en círculo cada vez más rápido... hasta convertirse en una sombra gris que gemía sin cesar.

—Búsquennos, búsquennos.

—No nos abandonen.

—No los dejaremos ir hasta que no nos encuentren.

—¡Vámonos de aquí! —gritó Carly Beth.

Todos echamos a correr.

Sentí un escalofrío al pasar a través de las sombras, como si hubiera pasado por una cortina de hielo, y entonces me di cuenta de que estaba del otro lado del círculo, lejos de las voces gimientes.

No paramos hasta que las voces se hicieron inaudibles.

Una fuerte ráfaga de viento nos dio en la cara. Escuché un sonido como de un bofetón.

Robby soltó un grito de sorpresa. Volteé la cabeza y lo vi tratando de quitarse las páginas arrugadas de un periódico que le cubría la cara.

Finalmente logró quitárselas de encima y abrió el periódico.

—Cierra... —comenzó a decir.

Pero entonces abrió los ojos despavorido al terminar de leer en su mente el titular de la portada. Se quedó paralizado.

—Robby, ¿qué pasa? —le grité.

Siguió mirando fijamente el periódico por unos segundos. Luego nos lo mostró a todos. Decía: **CIERRA EL PARQUE DEL PÁNICO**.

Sentí que se me secaba la garganta. Luke y yo nos miramos. Los dos habíamos presentido que algo así iba a suceder. Pero no habíamos estado del todo seguros.

Un escalofrío me recorrió el cuerpo.

—¿Qué dice? —le preguntó Matt a Robby—. Lee el artículo.

Todos nos apiñamos para escuchar a Robby.

—"Tras la desaparición de varios visitantes, el Parque del Pánico ha sido clausurado permanentemente a partir del día de hoy. Durante el año pasado muchos visitantes murieron en extrañas circunstancias. Funcionarios de la ciudad anunciaron que el parque, junto con todas sus atracciones y edificios, será demolido inmediatamente".

—¡Pero el parque sigue en pie! —dijo Matt—. No lo han demolido. Estamos en él.

Todos comenzamos a hablar a la misma vez.

—A lo mejor cambiaron de idea a última hora.

—¿Dice el artículo que aquí murieron varias personas? Y esa gente gris...

—Esperen, esperen —dijo Robby haciendo un gesto con la mano para que nos calláramos—. Eso no es todo —añadió, y nosotros hicimos silencio al instante. ¿Por qué Robby se había puesto tan pálido?—. Miren la fecha del periódico —dijo señalando con el dedo índice que le temblaba visiblemente—: 12 de julio de 1974.

Nadie dijo ni una sola palabra.

Otra ráfaga de viento le arrebató el periódico de las manos a Robby. El periódico voló por el aire hacia el otro extremo de la plaza.

—¡Qué horror! —dijo Carly Beth negando con la cabeza—. ¿Será cierto que el Parque del Pánico ha estado cerrado desde 1974?

—¿Acaso hemos viajado al pasado? —preguntó Robby—. He dibujado muchísimas historietas sobre viajes a través del tiempo, pero eso es imposible. Eso no puede suceder.

—Pasar a través de los espejos también es imposible —dijo Julie—, pero nosotros lo hicimos. ¿Cómo puedes estar seguro de que no hemos viajado hasta 1974? Y ahora estamos varados aquí. Como... como prisioneros.

—Tal vez las sombras estaban diciendo la

verdad —dijo Matt—. ¿Acaso no nos dijeron que estaban aquí cuando el parque fue clausurado?

—¿Y todas esas personas están muertas? —dijo Julie—. ¿Esa niñita está muerta? ¿Y los demás? ¿Han estado muertos desde 1974?

—Esto es demasiado extraño —dijo Jillian—. Tenemos que mantener la calma. No podemos seguir imaginando cosas.

La cabeza me daba vueltas. Yo les había advertido a los chicos sobre el Parque del Pánico, pero no quisieron creerme. Por eso decidí decirles lo que pensaba.

—Creo que debemos regresar al lugar donde están los espejos —dije—. Creo que debemos regresar a HorrorLandia.

—Lizzy tiene razón —añadió mi hermano enseguida—. Si regresamos, podremos descubrir qué es lo que pasa realmente en el Parque del Pánico.

—De ninguna manera —protestó Jackson furioso mientras nos clavaba la mirada a Luke y a mí—. De ninguna manera. ¿Quieren que abandonemos a nuestros amigos que están aquí? No podemos hacer algo así. ¡Tenemos que encontrarlos!

Jillian habló entonces. También estaba furiosa.

—Jackson tiene razón. Tenemos que ayudar a nuestros amigos —dijo, y luego se volteó hacia los demás—. A Lizzy y a Luke no les importan ellos. No son parte de nuestro grupo. Aparecieron cuando íbamos a salir de HorrorLandia y trataron de convencernos de que no nos fuéramos. Y ahora están tratando de decirnos lo que tenemos que hacer.

—Siempre supe que era un error dejarlos venir con nosotros —añadió Jackson.

Es una suerte que yo sea la persona más calmada de mi familia. De lo contrario, probablemente le hubiera pegado un buen puñetazo a Jillian. Ella no tenía ningún derecho a acusarnos.

Vi la expresión de enojo en la cara de mi hermano, que inmediatamente fue a encarar a Jackson. ¡Pero Luke parecía un palillo al lado de Jackson! Así que lo agarré por los hombros y lo detuve.

—Luke y yo solo queremos ayudar —dije en voz baja—. Vamos a buscar a sus amigos y luego saldremos de este parque a toda velocidad.

—Lizzy tiene razón. Aquí pasa algo muy extraño. Si de verdad el parque fue clausurado en 1974... —dijo Robby, pero no terminó la frase.

Julie tenía una cámara colgada del cuello. La tomó en las manos y la miró como si fuera la primera vez que la viera.

—¡Hasta se me había olvidado que tenía una cámara! —dijo—. Déjenme tomar una foto de todo el mundo. Es solo un momento. Es para tener alguna prueba de que estuvimos aquí.

Nos indicó que nos pusiéramos delante de un

letrero grande que decía: CUIDADO. PASO DE ESPÍRITUS MALIGNOS.

—¿Cómo no había pensado en tomar fotos antes? —dijo—. Todos vamos a querer tener pruebas de lo sucedido cuando estemos de regreso en casa, sanos y salvos, ¿no es cierto?

Les pidió a Carly Beth y a Luke que se pusieran delante, pues eran los más bajitos del grupo. El resto de nosotros nos pusimos detrás.

Nadie sonrió para la foto.

Creo que estábamos pensando en el periódico que habíamos visto. ¿Estaríamos atrapados en una curvatura del tiempo?

Julie apretó el obturador y vimos el resplandor del flash. La chica enseguida miró la pantalla de la cámara. La acercó más a su cara. Entrecerró los ojos para ver mejor.

—¡*No lo puedo creer*! —chilló.

A Julie le temblaban tanto las manos que estuvo a punto de dejar caer la cámara.

Se la quité y miré la pantalla.

—¡Increíble! —balbuceé—. Qué raro.

En la foto se veía perfectamente el letrero delante del cual habíamos posado, pero... ¿dónde estábamos nosotros?

No aparecíamos por ninguna parte.

—Bueno, vamos —dijo Julie haciéndonos un gesto para que nos volviéramos a poner frente al letrero—. Vuelvan a posar para la foto. Aunque no creo que sea la cámara, pues es nueva.

Nos volvimos a ubicar. Carly Beth y Luke se pusieron delante nuevamente. Los demás nos acomodamos detrás de ellos. Julie alzó la cámara y miró la pantalla.

—Bien. Los veo a todos. Matt, échate un poquito hacia el centro —dijo Julie, y dio un paso atrás—. Ahora los veo mejor. No se mueva nadie.

El flash volvió a relampaguear. Todos fuimos hacia donde estaba Julie para ver la pantalla de la cámara.

—¡Son invisibles! —gritó Julie.

—Eso es *imposible* —dijo Matt. Volteó la cámara hacia él para ver mejor la pantalla—. ¿Qué es esto? ¿Dónde estamos?

Robby negaba con la cabeza y temblaba de pies a cabeza.

—Ojalá no hubiese leído tanta ciencia ficción —dijo—. Ojalá no hubiese leído tantos libros de historietas.

—Robby, ¿qué estás pensando? —preguntó Carly Beth.

—Bueno... —dijo sin parar de temblar—, si *de verdad* viajamos al pasado, no podemos aparecer en las fotos.

—¿Por qué no? —preguntó Jillian.

—Porque no hemos *nacido* —contestó—. Ninguno de nosotros había nacido en 1974.

—No sigas. Esto ya me está dando dolor de cabeza —dijo Julie.

—¿Para qué dijiste eso? —le dijo Luke a Robby—. Estoy erizado del miedo.

—¿Quieres decir que estamos en medio de un parque que no existe? ¿Y que ni siquiera hemos NACIDO todavía? —dijo Matt asustado. Luego señaló al otro lado de la plaza—: Debemos tomar una foto de alguna de las sombras que están por allí.

Miramos hacia el lugar que indicaba y vimos a un grupo de sombras caminando alrededor de una fuente.

—Te apuesto a que esas sombras tampoco saldrán en la foto —dijo Julie.

—No se acerquen a ellas —dijo Luke.

Entonces, Carly Beth dio un grito.

—¡Allá! —dijo señalando un edificio más bien pequeño que parecía una cabaña de troncos.

En la puerta del mismo había un letrero que decía: INFORMACIÓN.

—Vengan —dijo Carly dirigiéndose a la cabaña—. A lo mejor hay alguien ahí que nos pueda ayudar.

—A lo mejor... —susurré yo, pero no estaba nada convencida.

Sentía que mis piernas me pesaban mil libras mientras corría hacia la cabaña. El terror casi me impedía avanzar.

Tenía la horrible corazonada de que nuestros problemas no habían hecho más que comenzar.

Seguí a los demás y entramos a una pequeña y oscura habitación. A través de una diminuta ventana se colaba una débil luz gris.

Al fondo había un largo mostrador negro. Las telarañas colgaban del techo como cortinas.

—Hola. ¿Hay alguien aquí? —dije con voz temblorosa.

—Miren esto —dijo Matt tomando algo del mostrador. Parecía una revista—. Es una guía del parque —dijo, y se la acercó más a los ojos—. ¡Está en colores!

Nos acercamos a él. La portada de la guía tenía brillantes tonos rojos y amarillos. Matt la abrió. Veía, por encima de su hombro, las fotos de un carrusel pintado con llamaradas, una montaña rusa azul y verde muy alta y un carrito de comida de color rojo intenso en el que se vendían panqueques.

—¿Qué ha pasado aquí? —dijo Matt quitándole los ojos de encima a la guía y mirando a su alrededor—. ¿Por qué se han desteñido los colores del parque?

—Mira la ropa de ese hombre —dijo Julie señalando una de las fotos que aparecían en la guía—. Son pantalones campana, ¿verdad?

—La chica lleva una minifalda y unas botas

blancas —dijo Carly Beth—. He visto atuendos como ese en el álbum de fotos de mi abuela.

Vi una foto de un afroamericano con un afro inmenso. Los dos hombres que estaban junto a él llevaban largas patillas.

—¿De qué año será esa guía? —preguntó Jillian.

—Te doy tres oportunidades para adivinarlo. Pero te apuesto a que es de 1974 —dijo Matt, y a continuación sacó algo que estaba dentro de la guía—. ¡Un mapa! —exclamó abriéndolo con cuidado—. Es un mapa del parque. ¡Y a todo color!

—Quizás nos sirva para encontrar la salida —dije.

—Y dale con lo mismo —dijo Jillian impaciente—. ¿Te olvidaste otra vez de nuestros amigos, Lizzy? ¿Los quieres dejar abandonados aquí?

—No es eso —respondí—, solo estaba...

—¡Miren esto! —dijo Robby desde el otro lado de la habitación. Estaba inclinado sobre el mostrador y nos hizo un gesto para que nos acercáramos—. Hay alguien aquí.

Fuimos hasta donde se encontraba, y vimos un maniquí, o más bien un muñeco de madera, sentado en una silla. Estaba vestido con unos jeans y una camisa de franela a cuadros. Llevaba una gorra de pelotero en la cabeza. La gorra tenía un broche con la palabra GUÍA.

Las manos de madera del muñeco estaban apoyadas sobre los brazos de la silla, y esta, a su vez, estaba inclinada hacia atrás. El muñeco tenía los ojos cerrados como si se hubiese quedado dormido.

Vi que detrás de él, en la pared, había un pequeño letrero. Lo leí en voz alta:

—"Aprieta el botón y Rocky contestará tu pregunta".

—¿Y dónde está el botón? —preguntó Carly Beth—. Rápido... busca el botón.

Vi un botón negro que había en el borde del mostrador y lo oprimí.

El maniquí pestañeó y levantó la cabeza. Al girar hacia nosotros, la cabeza crujió y la boca de madera se abrió lentamente.

—¡Qué asquerosidad! —grité.

Un gusano gordo salió arrastrándose del interior de la boca del muñeco. Luego salió otro.

Más gusanos comenzaron a salir de la nariz del muñeco y cayeron sobre su regazo. Otro gusano salió por el ojo izquierdo.

—¡VÁYANSE DE AQUÍ! —nos ordenó el muñeco con voz chirriante. Sonaba como el disco rayado de un antiguo fonógrafo—. ¡VÁYANSE DE AQUÍ!

Los gusanos seguían saliendo del interior del muñeco. Volví a presionar el botón.

—¿Nos puedes ayudar? —grité.

—¿Nos puedes ayudar a encontrar a nuestros amigos? —preguntó Carly Beth.

—Por favor, ¿puedes ayudarnos? —volví a preguntar.

—¡El parque está CERRADO! —chilló el muñeco. Una bola de gusanos salió de su boca—. ¡El parque está CERRADO! ¡El parque está CERRADO! ¡El parque está CERRADO! ¡El parque está CERRADO!

10

Me tapé los oídos con las manos y salí corriendo de la cabaña. No soportaba escuchar aquella voz. Y no se me quitaba de la mente la imagen de los gusanos.

Cuando estuvimos todos afuera, nos dimos cuenta de que una vez más teníamos ante nosotros el parque gris y negro. Lo único que tenía color, además de nosotros mismos, era la guía del parque que Matt llevaba ahora bajo el brazo.

Oí un aleteo. Miré hacia arriba y vi una bandada de cuervos que pasaba volando a baja altura. Los pájaros lanzaron unos lúgubres graznidos antes de alejarse de nosotros.

Fuimos hasta unos bancos que tenían forma de ataúdes. Me senté junto a Luke y cerré los ojos. Trataba de apartar de mi mente la imagen del horrible muñeco lleno de gusanos.

Julie se sentó sola en otro banco y se acurrucó en silencio. Matt y Carly Beth se sentaron cerca de mí. Ambos tenían la vista fija en las sombras, que, a lo lejos, caminaban a lo largo de una cerca.

—Bueno, bueno, todos estamos asustados —dijo Jackson mirando al suelo. A su lado estaba sentada su hermana Jillian con los ojos cerrados—. Yo también estoy asustado —continuó—. Nunca he sentido tanto miedo, pero no podemos irnos de aquí sin rescatar a nuestros amigos.

—Si encontráramos al menos una persona viva. Una persona normal, viva. Alguien con quien pudiéramos hablar. Pero hasta ahora... —dijo Carly Beth.

Robby se sentó junto a Julie y se tapó la cara con las manos.

—¿En qué estás pensando? —le pregunté.

Robby levantó la vista lentamente.

—Esta es otra idea —dijo—. Todo esto parece tan irreal. Pero... —respiró hondo—, vinimos al Parque del Pánico a través de los espejos, ¿verdad? Pues quizás entramos en otra realidad. La realidad del espejo, que es una reflexión de nuestro mundo. Como un universo paralelo.

Jackson negó con la cabeza.

—Eso es más disparatado que nuestro supuesto viaje al pasado.

—No entiendo bien el asunto —dijo Julie—. Comprendo que se pueda viajar al pasado, pero, ¿un universo paralelo? Eso es demasiado, Robby. Creo que has pasado demasiado tiempo leyendo historietas.

—Quizás te lo podría explicar usando palabras más simples, Julie —dijo Robby enojado.

—¡Eh! —dijo Matt poniéndose de pie de un salto—. Yo no sé ya qué pensar, pero lo cierto es que debemos mantener la calma. Miren, nuestras vidas estaban en peligro en HorrorLandia y logramos escapar, ¿verdad? Así que aquí podremos hacer lo mismo.

—¿Pero cómo hallaremos a nuestros amigos? —preguntó Carly Beth con voz chillona—. ¿Cómo podremos reunirnos con nuestros padres? ¿Regresar a nuestras casas? —preguntó entrecerrando los ojos—. Oh, espera —dijo sacando el teléfono celular de un bolsillo de sus jeans—. Voy a tratar de llamar. En HorrorLandia no había señal, la tenían bloqueada. Pero quizás aquí sí haya y pueda llamar a casa.

Abrió el teléfono y marcó un número. Se lo puso luego en el oído... y COMENZÓ A DAR GRITOS.

11

El teléfono se le escapó de las manos y cayó al piso. Carly Beth se puso las manos en la cabeza y cerró los ojos.

—Me duele mucho —gimió.

Escuché el penetrante pitido que salía del teléfono, que ahora estaba en el suelo. Parecía la sirena de una ambulancia.

Julie se acercó a Carly Beth y le pasó un brazo por encima de los hombros.

—¿Estás bien?

Carly Beth pestañeó varias veces antes de responder.

—Todavía siento esa sirena en mi cabeza —susurró.

Robby sacó su teléfono celular de un bolsillo. Marcó un número y puso el teléfono tan lejos de su oído como era posible. Todos escuchamos el pitido ensordecedor.

—Bueno, ya sabemos que nuestros teléfonos

celulares no funcionan —dijo Matt—, pero estamos avanzando.

Robby lo miró incrédulo.

—¿Avanzando? —dijo.

—Sí, tenemos esto —dijo Matt mostrando el mapa del parque y abriéndolo con cuidado sobre uno de los bancos—. Se me acaba de ocurrir algo —dijo, y se dirigió a Carly Beth—: ¿Recuerdas dónde vimos a Britney y a Molly por última vez?

Carly Beth pensó un momento antes de responder.

—Sabrina y yo habíamos acabado de llegar a HorrorLandia —dijo—. Tú nos mostraste un pedacito de espejo y yo vi a dos niñas en el espejo.

—Así es —dijo Matt—. Eran Britney y Molly. Desaparecieron de HorrorLandia poco antes de que tú llegaras.

—Sí —dijo Carly Beth—. Las vimos montando un carrusel del que salían llamas. Era como si estuviese incendiado.

Matt se inclinó sobre el mapa.

—Vamos a buscar el carrusel llameante —dijo—. Quizás las chicas estén aún allí o por esa área. O a lo mejor nos dejaron una pista.

No le tomó mucho tiempo hallar el carrusel en el mapa. Matt puso el dedo en el lugar donde estaba, muy cerca de la montaña rusa.

—Vamos —dijo cerrando el mapa y guardándolo en el bolsillo trasero del pantalón.

Caminamos en silencio junto a un alto muro

gris. Al otro lado del camino había una hilera de tiendas vacías. En algunas puertas se veían sombras. Todas se volteaban hacia nosotros cuando pasábamos. Nos miraban sin acercarse. De hecho, no nos quitaban la vista de encima.

El tiempo había cambiado y ahora se sentía un viento frío y húmedo. Soplaba de frente, como si quisiera detenernos. Bajamos la cabeza y seguimos atravesando el parque.

Pasamos por delante de unos edificios blancos de poca altura. Las puertas estaban abiertas, pero era imposible distinguir nada en su oscuro interior. Un letrero gris había caído sobre el pavimento. Estaba casi completamente oxidado, pero pude leerlo: SOLO PARA ESPÍRITUS MALIGNOS.

Las sombras aparecían flotando detrás de nosotros y luego desaparecían. ¿Nos estarían siguiendo?

Entrecerré los ojos y pude distinguir una noria negra inmensa delante de nosotros.

—¡Miren, muchachos! —exclamé—. Se está moviendo.

—Qué raro —dijo Carly Beth deteniéndose a observarla—. ¿Quién estará ahí?

—El carrusel llameante debe de estar muy cerca —dijo Matt indicando con el dedo.

Apretamos el paso, pero pronto un grito nos hizo detenernos.

—¡Eh, chicos, miren arriba!

Levanté la vista. Estábamos junto a una montaña artificial bastante alta, como un edificio de tres o cuatro pisos. La ladera era rocosa y tenía zonas cubiertas de nieve artificial.

Un chico y una chica nos hacían gestos con las manos desde un acantilado en la cima de la montaña.

—¡Eh, Matt, Carly Beth! ¡Aquí arriba!

Los chicos eran altos y delgados. Tenían el pelo lacio y negro. E incluso desde abajo, podíamos distinguir el brillo de sus ojos azules.

—¡Billy! ¡Sheena! —gritó Matt—. ¿Cómo subieron hasta allá arriba? ¿Están los demás con ustedes?

No creo que escucharan a Matt porque seguían agitando los brazos y gritando.

—¡Aquí arriba! ¡Miren hacia arriba!

Matt se volteó hacia nosotros.

—Son Billy y Sheena Deep —dijo.

Y entonces se puso las manos alrededor de la boca.

—Vamos allá, no se muevan. Vamos a buscarlos —gritó.

Un estrecho sendero rodeaba la montaña e iba hasta la cima. Comenzamos a subir en fila india. El sendero era muy empinado y estaba cubierto de nieve artificial en algunas partes. Nuestros zapatos resbalaban en la superficie lisa.

—¡Ay! —grité al sentir que me resbalaba. No tenía de dónde agarrarme.

Mis rodillas dieron contra el suelo y comencé a resbalar hacia abajo.

Traté de agarrarme, pero el suelo era tan liso como el de un tobogán. No podía detener la caída. Fui resbalando hasta la base misma de la montaña.

—Lizzy, ¿estás bien? —preguntó Luke.

—Sí, no fue nada —dije refunfuñando. Me incorporé y comencé a subir de nuevo por el sendero.

Habíamos recorrido como un tercio del camino cuando escuché un ruido.

Me detuve. No se veía nada.

El ruido se convirtió en un rugido y el suelo comenzó a temblar.

Entonces vi las rocas. Eran docenas de gigantescas rocas con picos y puntas que caían desde lo más alto de la montaña dando tumbos y cobrando cada vez más velocidad.

Venían hacia nosotros.

¡Era un alud de rocas!

—¡Vamos a quedar APLASTADOS! —grité—. ¡Quedaremos ENTERRADOS bajo las rocas!

12

El estruendo de las rocas ahogó nuestros gritos.

Caí y comencé a rodar ladera abajo. Luke hizo una pirueta delante de mí y se deslizó de cabeza y bocabajo.

—¡Noooo! —grité al ver que una roca de mi tamaño, con afiladas puntas, pasaba sobre mí. Otras rocas más pequeñas me pasaban por los lados.

Los otros chicos también iban cayendo... dando tumbos... resbalando por el sendero hacia abajo. Veía las rocas saltando y chocando por todas partes, algunas a punto de golpearnos.

Unos segundos después, fui a dar contra un montículo al pie de la montaña. Aún caían rocas por todas partes. Me agaché y me cubrí la cabeza con las manos.

El suelo temblaba. Levanté la cabeza justo a tiempo para ver una roca inmensa que venía directamente hacia mí.

—¡Ay! —La roca me golpeó y esperé sentir una punzada de dolor... Y esperé... Y entonces me eché a reír—. Son de papel maché. ¿No lo ven? No nos van a aplastar porque no pesan.

Finalmente, el alud de rocas cesó. Nos paramos y nos miramos los unos a los otros, incrédulos. Algunos se reían a carcajadas. Estábamos contentos de haber salido con vida de aquella aventura.

Matt y Robby comenzaron a lanzarse rocas artificiales. Y muy pronto todos comenzamos a hacer lo mismo.

—¿Y Billy y Sheena? —gritó Carly Beth—. ¡Un momento! ¿Acaso se olvidaron de Billy y Sheena?

Levanté la vista para mirar hacia la cima de la montaña. Billy y Sheena estaban allí, mirándonos.

—Esperen. Esto es muy raro —dije—. ¿No les parece que ahora están más lejos de nosotros?

—Tienes razón, Lizzy —dijo Luke—. La montaña... ¡ahora es MÁS ALTA!

—Se ven más lejanos —dijo Julie—. ¿Será una ilusión óptica?

Matt se volvió a poner las manos alrededor de la boca.

—¡No se preocupen, ya vamos a buscarlos!

Comenzamos a subir de nuevo por el sendero.

El camino estaba más resbaloso.

—¡Ay! —dije al resbalarme por enésima vez.

Caí de espaldas al suelo, casi sin aire. Logré sentarme con mucho trabajo, y cuando miré a la cima, Billy y Shenna parecían estar aún más lejos.

—¡Auxilio! —gritó entonces Carly Beth.

Había perdido el equilibrio y estaba deslizándose. Desesperada, se agarró de Robby y lo arrastró con ella.

No pudimos detener su caída. Se deslizaron como por un tobogán hasta la misma base de la montaña.

—El sendero está demasiado resbaloso —dijo Jillian—. Y miren eso —añadió señalando hacia las diminutas siluetas de Billy y Sheena.

—Cuanto más subimos, más se alejan —dijo Robby.

—¿Está *creciendo* la montaña? —preguntó Julie mirando hacia arriba—. ¿O será algún efecto especial?

—No importa —dije—. Sea lo que sea, el hecho es que no podemos llegar hasta ellos. Nunca vamos a llegar a la cima.

—Lizzy tiene razón —dijo Matt—. Necesitamos un plan mejor. Quizás...

Sin terminar la oración, comenzó a resbalarse.

Luke trató de agarrarlo, pero no le dio tiempo. Todos vimos como Matt bajaba deslizándose hasta la base de la montaña, gritando sin parar. Cayó de cabeza junto a Carly Beth y Robby.

Los demás decidimos bajar con muchísimo cuidado.

Billy y Sheena seguían gritándonos desde la cima, pero estaban demasiado lejos. No se entendía lo que nos decían. Miré hacia arriba y los vi moviendo los brazos.

¿Pensarían que los íbamos a dejar allí abandonados?

Nos reunimos, mirándolos y tratando de pensar en una manera de rescatarlos.

—Quizás haya algún vehículo especial para subir —dijo Robby—. Como un *jeep* todoterreno o algo así.

Matt se echó a reír.

—Si vas a buscar uno, te deseo buena suerte —dijo.

—Bueno, ¿pero cómo subieron ellos hasta allá arriba? —preguntó Carly Beth.

En ese momento, otra bandada de cuervos pasó graznando. Sentí un escalofrío.

El sol seguía alumbrando en lo alto del cielo, haciendo brillar la ladera de la alta montaña. Pero su luz no era amarilla sino gris... y tanto gris ya me estaba mareando.

"Estoy en un mundo raro y aterrador —pensé—. Un mundo sin color, sin ninguna calidez".

Y entonces habló Jackson, a quien sus propias palabras hicieron temblar.

—Sé lo que podemos hacer —dijo mirando a su hermana, Jillian.

—¡*Por supuesto*! —gritó Jillian—. Debió habérsenos ocurrido mucho antes.

13

Jackson alzó los ojos hacia los chicos que estaban en la cima de la montaña.

La niebla gris que flotaba sobre nosotros impedía verlos fácilmente.

Jackson cruzó los brazos, entrecerró los ojos y apretó los labios.

Jillian debió notar mi confusión.

—Jackson tiene poderes. Puede mover las cosas —dijo inclinándose hacia mí.

Jackson gimió e hizo rechinar los dientes sin perder la concentración.

Y unos segundos después, Billy y Sheena comenzaron a bajar de la montaña a toda velocidad.

Ambos gritaban aterrorizados. Su pelo negro revoloteaba en el aire.

La niebla pareció apartarse para dejar pasar a los chicos, que no paraban de patalear en su rápido descenso.

Rápido... cada vez más rápido.

Sin parar de gritar.

Una imagen horrible apareció en mi mente: los dos chicos chocando contra el suelo, estrellándose a nuestros pies.

Respiré profundo y contuve la respiración. El corazón se me quería salir del pecho.

De pronto, sin previo aviso, Billy y Sheena comenzaron a planear sobre nosotros. Luego se detuvieron del todo en el aire, al punto que el pelo de Sheena le cayó sobre el rostro. Los gritos de Billy se acallaron.

Jackson lanzó un grito y alzó las manos sobre la cabeza. Después bajó a los chicos lentamente hasta el suelo.

Los chicos aterrizaron de pie.

Billy tragó en seco. Los ojos se le querían salir de las órbitas. Jadeaba como un perro y se agarraba de su hermana como si temiera caerse.

Sheena dio un paso tembloroso hacia nosotros. Se echó el pelo hacia atrás y sonrió.

—Increíble. ¡Esta es definitivamente la mejor atracción del parque! —dijo.

Todos nos echamos a reír y algunos chicos gritaron de alegría.

—Bien hecho —le dijo Matt a Jackson poniéndole una mano en el hombro.

Rodeamos a Billy y Sheena y todos nos pusimos a hablar al mismo tiempo.

—¿Qué fue lo que pasó? ¿Cómo subieron hasta allá arriba?

—¿Dónde están los otros? ¿Están bien?

—¿Por qué estaban en la cima de esa montaña?

Sheena hizo un gesto para que nos calláramos y se dirigió a Jackson.

—¿Cómo hiciste eso? —preguntó—. ¿Cómo nos bajaste?

—Es fácil si sabes cómo hacerlo —dijo Jackson sonriendo.

—No sé dónde están los otros chicos —dijo Sheena—. Los perdimos de vista. Nos separamos.

—Sheena y yo subimos la montaña para ver si los veíamos —dijo Billy—. Fue fácil subir, pero después...

—No podíamos bajar —dijo Sheena temblando—. Billy y yo hemos tenido muchas aventuras espeluznantes, pero este parque es simplemente horrible.

—Y por todas partes sólo hay gente gris —dijo Billy—. No vimos ni una sola persona viva.

—Y todo está siempre tan opaco —añadió Sheena—. Es... es aún más horripilante que HorrorLandia.

Se le escapó un gemido al decirlo y comenzó a temblar. Carly Beth la abrazó.

—Ya estás a salvo —le dijo cariñosamente—. Todos estamos aquí contigo.

—Y aquí no corremos tanto peligro como en HorrorLandia —dijo Jillian—. Byron nos lo dijo, y en él sí podemos confiar.

—Lo que tenemos que hacer es encontrar a nuestros amigos —dijo Jackson—. Y luego hallaremos la manera de regresar a casa.

Carly Beth le dio a Sheena un pañuelo para que se secara las lágrimas.

—Ahora sí estamos metidos en un problema serio —dijo Billy mirando a su hermana—. Sheena es la valiente de nuestra familia.

Matt se acercó a Billy.

—¿Has visto a Britney y a Molly? —le preguntó.

—No —respondió Billy.

—Tú te escapaste de HorrorLandia con tu hermana y con Michael, Sabrina, Boone y Abby. ¿Qué pasó? ¿Cómo se separaron? —preguntó Matt.

—Bueno... no sé —dijo Billy.

—El tonto de mi hermano insistió en que todos montáramos en una de las atracciones —explicó Sheena—. Se aburrió de esperar por ustedes.

—No me digas tonto, estúpida —respondió Billy enojado—. Ni siquiera sabíamos si ustedes nos seguirían. Y por eso nos montamos en esa atracción. Se llama el Túnel del Odio.

—¿Y funcionaba? —pregunté—. ¿Había alguien operándola?

—No sé —respondió Billy—. Son unos botes. Sheena y yo subimos al primer bote. Los demás venían detrás de nosotros. Al principio fue divertido, pero luego comenzaron a pasar cosas muy raras...

—Billy y yo queríamos bajarnos y salir de allí —dijo Sheena—, pero cuando miramos hacia atrás buscando a los otros chicos... ¡HABÍAN DESAPARECIDO!

—Se esfumaron —dijo Billy—. No estaban en el túnel. Tratamos de localizar el bote donde iban, pero no lo encontramos.

—Así que nos fuimos y comenzamos a buscarlos —explicó Sheena—. Los buscamos por todo el parque. Nos pareció un lugar espeluznante, y las sombras nos seguían por todas partes... nos observaban en silencio.

—Ya no sabíamos dónde seguir buscando —continuó Billy—. Por eso subimos a la montaña. Pensábamos que desde arriba tendríamos más posibilidades de verlos, pero no estaban por ninguna parte.

—Vaya... Espera un momento —dijo Matt mirando a Billy fijamente a los ojos—. Ustedes no vieron a los otros chicos aunque los buscaron por todo el parque, ¿verdad? ¿Y no estarán aún en el Túnel del Odio?

Billy y Sheena se encogieron de hombros.

—El túnel es muy oscuro —dijo Sheena—. Es muy difícil ver algo allí.

—Pero aún *podrían* estar allí —dijo Billy.

Matt nos hizo un gesto para que lo siguiéramos.

—Vamos a montar en esos botes —dijo.

14

Dos largas canoas se balanceaban en las oscuras aguas grises frente al Túnel del Odio. El agua golpeaba suavemente contra las canoas mientras nos subíamos a ellas.

Matt se subió a la primera canoa y agarró el remo. Billy, Sheena, Carly Beth y Julie se subieron también.

Luke y yo nos instalamos en la parte trasera de la segunda canoa, detrás de Jackson, Jillian y Robby. El bote comenzó a hundirse en el agua, pero se estabilizó enseguida.

Jackson agarró el remo, lo metió en el agua y comenzó a remar.

—Soy bueno remando —dijo—. En el campamento de verano el año pasado hicimos un viaje de cincuenta millas en canoa.

—Vamos. Y no nos separemos —ordenó Matt.

Las canoas se fueron adentrando lentamente en el túnel. No había nada de luz, pero unos segundos después mis ojos se acostumbraron a la oscuridad. Podía distinguir el techo bajo del túnel y algunos puntos de luz mortecina en el agua justo delante de nosotros.

Estábamos en silencio, mirando directamente hacia delante. El único sonido que se escuchaba era el de los remos al golpear el agua.

El estrecho canal era recto, sin curvas ni meandros. El agua estaba tranquila, su superficie era tan lisa como un plato, y apenas golpeaba los lados de las canoas.

"Qué aburrido es este túnel", pensé.

—No veo a nadie más aquí —susurró Carly Beth—. Este túnel está vacío.

—Esto es una pérdida de tiempo —dijo Robby.

—Espera un poco —dijo Matt remando con más fuerza—. No sabemos cuán largo es el túnel. Los otros chicos podrían estar más adelante.

—No seas estúpido —le dijo Robby.

Matt dejó de remar.

—¿Me dijiste estúpido? —gritó.

Las canoas se mecían una junto a la otra.

—No empiecen a discutir —pidió Jillian.

—¡Cállate la boca! —gritó Matt.

—¡Cállate la boca TÚ! —chilló Jillian—. ¿Qué te pasa a ti, Cara Inflada?

—Deja de ofender, Mal Aliento —le gritó Robby a Jillian.

De pronto, Billy le lanzó un puñetazo a Matt, y este se agachó para esquivarlo. Billy estuvo a punto de caer por la borda de la canoa.

—¡Idiota!

—¿Quieres pelear conmigo? —gritó Matt, y le dio un puñetazo a Billy en el pecho.

Billy lanzó un gruñido y cayó en el asiento de la canoa.

Todos comenzaron a gritar a la vez. Luke me miró con rabia mostrándome un puño.

—Todo esto es culpa tuya, Lizzy. Yo no quería venir aquí.

—¿Culpa mía? —le dije—. Eres un mequetrefe con cara de ratón.

Luke me agarró. La canoa se inclinó peligrosamente hacia un lado.

—¡Basta, *basta*! —dijo Carly Beth gritando, y miró a Julie—. Deja ya de empujarme, llorona.

—Ah, ¿yo soy la llorona? —dijo Julie furiosa—. Idiota, la única llorona eres TÚ. Y eres una miedosa. Te crees muy linda porque pareces un duende. Pero eres una sabandija.

—¡Cretina! —le gritó Carly Beth a Julie—. ¡Cara de Nalga! —añadió dándole un codazo.

—¡Basta ya! —les grité yo—. Basta ya, imbéciles.

—No te soporto —me gritó Luke, y comenzó a golpearme la espalda con los puños—. No te soporto. ¡TE ODIO!

—Luke, eres un energúmeno —le respondí.

—¡Cállate, cállate, cállate la boca! —me gritó él.

—¡Cállate TÚ! ¡Cállate TÚ! —le dije a gritos. No podía contenerme. Y entonces me di cuenta de lo que pasaba. El Túnel del Odio era *real*: hacía que la gente se odiara.

Lo veía todo claramente, pero no podía impedirlo. Y sentía que yo también odiaba a los demás, a todos ellos, incluso a mi hermano Luke.

En la otra canoa, Julie le agarró el pelo a Carly Beth y se lo haló con fuerza. Carly Beth lanzó un grito de dolor y agarró a Julie por el cuello y comenzó a asfixiarla.

Julie la empujó para soltarse. Y luego dejó escapar un aullido.

—¡AYYYY! —gritó, y se abalanzó contra Carly Beth agarrándola por la cintura para tumbarla.

La canoa se inclinó hacia un lado.

Gruñendo y sollozando, Carly Beth y Julie seguían forcejeando.

—Paren ya, idiotas. ¡BASTA! —les grité.

—¡Cállate, CARA DE FOCA! —me gritó Robby.

Y entonces me quedé sin aliento al ver que Carly Beth y Julie caían por la borda de su canoa.

Cayeron al agua como una piedra, levantando una ola que inundó la canoa mientras las dos chicas desaparecían bajo la superficie.

—Que les vaya bien —gritó Robby.

—Te odio —le chilló Jillian a Robby—. ¿Por qué no te lanzas al agua con ellas?

—¿Y por qué no te zambulles TÚ? —le respondió Robby, y luego le arrebató el remo de las manos a Jackson y trató de golpear a Jillian en la cabeza con él.

Por suerte no le dio.

Me agarré del borde de la canoa y me incliné hacia el agua. Esperaba que Julie y Carly Beth salieran a la superficie de un momento a otro.

Y seguí esperando...

El agua estaba otra vez inmóvil, sin una ola.

Como si no hubiese nadie allí.

Apreté el borde de la canoa con tanta fuerza que me dolían las manos. Miraba fijamente al agua, sin pestañear siquiera, sin atreverme a respirar.

El corazón comenzó a saltarme dentro del pecho. Me puse las manos alrededor de la boca y grité:

—¿Carly Beth? ¿Julie? Salgan ya, idiotas.

¿Dónde estarían?

No se sentía ningún ruido ni movimiento en el agua y no se veían burbujas. Nada.

Comencé a sollozar. Las dos chicas no se veían por ninguna parte.

15

Le grité a Matt:

—Óyeme bien, zonzo. Alguien tiene que tirarse al agua, alguien tiene que...

Matt tenía a Billy agarrado por el cuello y este lo golpeó con los dos puños en el pecho.

Entonces las dos canoas chocaron.

Julie y Carly Beth seguían sin aparecer.

—Dejen de pelear, idiotas. ¡Paren ya! —les grité a los dos chicos.

—Ponte un tapón en la boca —me dijo Jackson hecho una furia—. Cállate de una buena vez, estúpida.

—Pero... esas chicas se están AHOGANDO —grité.

Miré a mi hermano. Él me miró fijamente con una expresión de odio infinito.

—Eres insoportable —me dijo entre dientes.

No le hice caso.

—Tenemos que meternos al agua, Cara de Sapo —le dije—. Tenemos que encontrarlas. A lo mejor así les demostramos a los otros idiotas que estamos de su parte.

—Desaparece de mi vista —respondió Luke, y me sacó la lengua y me escupió.

Una ola de furia me envolvió. Sentí deseos de darle un puñetazo que le hiciera tragarse los dientes.

Pero en vez de golpearlo, le agarré la mano y salté por encima de la borda. Luke dejó escapar un grito de horror.

Caímos al agua al mismo tiempo.

Comencé a temblar: no podía creer que el agua estuviera tan fría. Me entró agua en la boca y sentí que me ahogaba.

Luke se zafó de mi mano y comenzó a agitar los brazos violentamente tratando de salir a la superficie.

Pero yo me zambullí y abrí los ojos bajo el agua oscura.

¿Dónde estarían las dos chicas?

El canal era estrecho, casi no se podía nadar en él. Pero era más profundo de lo que había imaginado.

No me tomó mucho tiempo hallar a Carly Beth y a Julie.

Estaban en el fondo del canal. Y aún seguían peleando, dándose puñetazos y halándose los pelos.

"Se odian tanto que no les importa ni siquiera ahogarse", pensé.

Sentí un dolor en el pecho. No podría aguantar la respiración mucho más tiempo. Me di la vuelta y vi que Luke estaba a mi lado. Aparecía y desaparecía en el agua oscura.

Le hice un gesto y él me siguió. Agarró a Julie por los hombros y trató de llevársela de allí.

Yo agarré a Carly Beth por la cintura y la halé.

Las chicas nos empujaron, tratando de apartarnos. Estaban furiosas con nosotros por interrumpir su pelea.

Pero no podía permitir que siguieran. El pecho parecía que se me iba a reventar en cualquier momento. Todos los músculos me dolían.

Halé a Carly Beth, la separé de Julie y la llevé hacia la superficie.

Salimos finalmente y comenzamos a toser. Yo trataba de recuperar el aliento, aspirando todo el aire que podía.

Le di un empujón a Carly Beth para hacerla subir a una de las canoas. Ya no le quedaban fuerzas para seguir luchando.

Me quité el pelo mojado de los ojos y me fui a ayudar a mi hermano, que trataba de subir a Julie a nuestra canoa. Por fin, todos subimos.

Estaba empapada y temblaba de frío. Tenía la ropa pegada a la piel. No lograba recuperar el aliento.

Alcé la vista y vi a Matt sosteniendo un remo sobre la cabeza.

—Lánzalas de nuevo al agua —me ordenó—. Vamos. Si ellas quieren nadar, pues lánzalas al agua. HAZ lo que te digo.

—Matt, por favor —le rogué—, siéntate.

—¡Cállate! —dijo Robby—. Y no le digas a Matt lo que tiene que hacer.

—Sí. ¿Quién te crees que eres? ¿Una heroína de película? —se burló Jillian acercándose a mí—. ¿Quieres darte otro chapuzón, Lizzy?

—Dejen eso, idiotas. Ojalá se mueran todos —grité.

—¿Andas buscando pelea? —volvió a gritar Matt—. Vas a morder el polvo, Lizzy.

—Eres una llorona —chilló Jillian—, una inútil.

—¿No se dan cuenta, idiotas, de lo que está pasando aquí? —les grité—. El Túnel del Odio hace que nos odiemos. Tenemos que salir de aquí... tan pronto como sea posible.

Carly Beth estaba aún derrumbada en una esquina de nuestra canoa. Dejó escapar un gemido. Tenía los ojos semicerrados y los brazos le colgaban a los lados.

En la otra canoa, Julie miraba fijamente al frente, como aturdida. Ni siquiera se había apartado el pelo mojado de la cara.

—¿Se dan cuenta? ¿Se dan cuenta del efecto que este túnel tiene? —repetí.

—Nosotros también tenemos ojos en la cara, idiota —me gritó Robby.

Las canoas flotaban a la deriva, deslizándose lentamente por el túnel. Unas luces grises brillaban bajo el agua, como pececitos fosforescentes.

Yo no podía parar de temblar. ¿Acaso este recorrido nunca terminaría?

Todos gritaban llenos de rabia. Matt y Jackson peleaban armados con los remos. Matt tropezó y cayó hacia atrás y estuvo a punto de caer.

Pero de pronto, todos se callaron y miraron hacia delante.

—Es otra canoa —susurré.

Entrecerré los ojos para ver mejor. Había una canoa escorada contra uno de los lados del túnel.

—¡Eh, ahí están! —gritó Carly Beth.

Sí, así era. Cuatro chicos se voltearon hacia nosotros.

Los reconocí por las fotos que había visto durante mis investigaciones sobre HorrorLandia. Ahí estaban Sabrina, Michael, Boone y Abby.

Y entonces vi que en la parte delantera de la canoa había otras dos niñas. ¡Eran Molly y Britney!

Todos comenzamos a dar gritos de alegría.

Matt y Billy agitaban los brazos para saludar a los del otro bote.

—¿Están bien?

—Chicos, ¿qué hacen ustedes ahí?

—¿Se quedaron varados?

—Los hemos estado buscando por todas partes, idiotas.

Los chicos del bote no movieron ni un dedo. Ni tan siquiera nos saludaron.

Finalmente, Britney levantó la mirada hacia nosotros y lanzó un gruñido que bien pudiera haber provenido de un animal.

Molly gruñó e hizo un gesto como si quisiera arañarnos.

Vi que de la boca de Boone caía una espesa baba. Rugía como un perro enojado, y abría y cerraba las fauces una y otra vez.

—Tengan cuidado. ¡Los va a morder! —chilló Molly, y ella también comenzó a aullar.

Los demás comenzaron a hacer lo mismo. Se arrancaban los pelos y actuaban como si fueran animales enloquecidos. Por las narices les salían mocos amarillos.

—Creo que ellos... han estado en el túnel mucho tiempo —susurró Billy—. Demasiado tiempo. Debemos dejarlos y salir de aquí.

Un escalofrío me recorrió la espalda. A medida que la corriente nos acercaba, miré con horror a aquellos chicos que gruñían y chillaban.

—Se han convertido en animales —susurré—. Parecen bestias salvajes. ¡Qué pena!

—¿Qué podemos hacer con esos tontos? —preguntó Matt—. ¿QUÉ hacemos?

16

La corriente nos acercó aún más.

Boone se paró en el bote y comenzó a darse golpes en el pecho como un gorila. Era alto y parecía muy fuerte. Tenía una expresión de furia en los ojos y la cara roja de rabia. Lanzó un aullido y volvió a golpearse el pecho.

Michael se paró e hizo lo mismo.

Sabrina echó la cabeza hacia atrás y lanzó un grito que parecía el aullido de una hiena. Luego engarrotó las manos y comenzó a amenazarnos. A Carly Beth se le cortó el aliento.

—¿Sabrina? Soy yo. No seas idiota, soy tu mejor amiga, ¿recuerdas?

Sabrina le clavó la mirada. Y luego lentamente bajó la cabeza y vomitó una sustancia verde en el agua.

—¡Ay, qué horrible! —gimió Carly Beth—. Hemos sido amigas desde el preescolar y mírenla ahora. Es un desastre.

Sabrina se echó a reír y volvió a vomitar.

—¡Cuidado! —grité yo.

Vi a Michael levantar los brazos… y lanzarnos un remo.

—¡Ay! —gritó Matt, y se agarró el hombro cuando sintió el golpe del remo, que luego cayó al agua.

Mientras tanto, los chicos enloquecidos daban saltos y se reían a carcajadas. Nos amenazaban con los puños y abrían la boca como animales salvajes mostrándonos los dientes.

—Tenemos que sacarlos del túnel —dije.

—¿Pero cómo, imbécil? —preguntó Carly Beth—. ¿No ves que nos quieren despedazar?

—Sería un peligro acercarse a ellos —dijo Luke tartamudeando—. Y la imbécil eres tú.

—No podemos pelear con ellos —susurró Robby—. Son BESTIAS.

Las canoas estaban cada vez más cerca. En unos segundos estaríamos junto a ellos.

Un chillido horrible retumbó en el angosto túnel. Vi aterrorizada como Britney le clavaba los dientes en el cuello a Molly. Gruñendo y lanzándose mordiscos como lobas, las dos chicas comenzaron a pelear.

—¡Basta, PAREN YA! —les gritó Carly Beth.

La canoa de Matt golpeó la parte de atrás de la canoa donde estaban los chicos enloquecidos.

Soltando un rugido, Michael se abalanzó hacia

Matt, lo agarró por la cintura, lo levantó en el aire y trató de lanzarlo al agua.

Entonces, mi canoa golpeó la parte de atrás de la canoa de Matt, y ambos chicos cayeron de rodillas.

—¡Paren! ¡Basta ya, idiotas! —grité—. Todos nos vamos a AHOGAR. Nos...

Sabrina me rodeó el cuello con las manos. Los ojos se le querían salir. Tenía la boca abierta y gritaba de furia. Me apretaba el cuello cada vez más.

Y más.

No podía respirar. Comencé a golpearla.

Pero no me la podía quitar de encima.

Y, de pronto, sentí que todo se paralizaba.

¿Estaría *muriéndome*?

No. Me deslicé de entre las manos de Sabrina y vi que ella no se movía. Sus manos se habían quedado engarrotadas.

Jadeando, miré a mi alrededor y me di cuenta de que todos los chicos en la canoa de Boone estaban paralizados. Nadie se movía. Nadie pestañeaba.

—¿Qué?

El corazón me palpitaba a toda velocidad. Me volteé y vi a Jackson mirándolos fijamente.

Sus ojos tenían un brillo especial y parecía estar muy concentrado.

—Para de mirarme así, imbécil. Estoy tratando de usar mis poderes para inmovilizarlos

—me dijo sin perder la concentración—. Rápido, halen la canoa. La empujaremos para que podamos salir todos del túnel.

Y eso fue lo que hicimos.

Matt y Sheena se inclinaron sobre el borde de la canoa y lograron mover la canoa de los chicos enloquecidos. Luego, comenzamos a remar desesperadamente para empujarla con la nuestra.

Jackson estaba totalmente concentrado, era evidente que se esforzaba muchísimo. El sudor le rodaba por la frente y rechinaba tanto los dientes que tenía las mejillas rojas por el esfuerzo.

Me pareció que aquello nunca iba a terminar. El túnel parecía no tener fin y la oscuridad continuaba a no ser por las pequeñas luces bajo el agua.

Finalmente, divisé un círculo de luz gris en la distancia. Era la salida del túnel.

Algunos árboles y edificios se podían entrever y, poco a poco, nuestras canoas salieron a la opaca luz del día.

Jackson nos guió hasta un muelle de madera. Salté al mismo y me incorporé. ¡Era maravilloso estar nuevamente en tierra firme!

Boone nos miró con los ojos entrecerrados. Podía ver la confusión en su rostro.

—¿Qué fue lo que pasó? —preguntó.

—¿Y ustedes, cómo llegaron hasta aquí? —dijo Abby echándose el pelo hacia atrás con las manos—. ¿Cómo nos encontraron?

Los chicos no parecían recordar el efecto que el túnel había tenido en ellos.

Por mi parte, sabía que nunca lo iba a olvidar.

Respiré profundo varias veces, y sentí que el odio se disolvía dentro de mí.

—Sabrina, estoy tan contenta de que estés bien —dijo Carly Beth acercándose a su amiga—. ¿Te sientes bien?

—Creo que sí —dijo.

Todos fuimos hasta la orilla y miramos a nuestro alrededor.

Estábamos parados en el borde de un inmenso círculo de pasto. Al otro lado del mismo había todo tipo de atracciones. Estaban vacías.

Detrás de las atracciones, había un edificio alto. Parecía un castillo. La niebla rodeaba sus torreones. En el techo negro e inclinado había pequeñas ventanas.

Carly Beth y Julie se nos acercaron a Luke y a mí.

—Gracias —dijo Carly Beth—. Gracias por lanzarse al agua para salvarnos.

—Gracias por salvarnos la vida —dijo Julie—. Aún no puedo creer cómo nos comportamos. Simplemente enloquecimos.

—Quizás nos equivocamos con respecto a ustedes —dijo Carly Beth.

Eso me hizo sentir bien, pero justo detrás de ellas estaba Jillian mirándome dudosa.

—Me alegro mucho de que hayamos logrado salir de ese túnel —dije.

—Pero, ¿y ahora qué? —dijo Luke.

Todos comenzaron a hablar al mismo tiempo. Di un paso atrás y conté. Ahora éramos dieciséis. Dieciséis chicos que habíamos venido de HorrorLandia.

¿Acaso éramos los únicos seres vivos en el Parque del Pánico?

Britney y Molly se hicieron a un lado y comenzaron a hablar bajito entre ellas. Se veían incómodas, como si les molestara la luz gris del día.

Billy y Sheena se voltearon hacia ellas.

—Ustedes son las que más tiempo han estado en este parque —dijo Billy—. ¿Qué han visto?

Los chicos comenzaron a hacerles todo tipo de preguntas.

—¿Qué han hecho aquí?

—¿Han tratado de volver a HorrorLandia?

—¿Han visto a alguien más, además de las sombras?

—¿Han visto alguna salida?

Las chicas se pegaron una a la otra. No podían parar de pestañear y negaban con la cabeza.

—No puedo recordar casi nada —dijo Molly—. Es como...

—Es como estar en medio de la niebla o algo parecido —dijo Britney.

—Recuerdo haber pasado a través de un espejo —dijo Molly—. Y de pronto estábamos aquí, en el Parque del Pánico. Nos subimos a una de las atracciones.

—Sí, un carrusel —añadió Britney—. Tenía llamas que le salían por todos lados. Pero no quemaban. Y... recuerdo que volví a HorrorLandia una vez.

—Volvimos —dijo Molly—. Vimos a Robby. Estaba jugando un juego en un salón de juegos.

—¿Cómo? —dijo Robby—. ¿Cómo volvieron?

—Sí, dígannos —dijo Matt parándose al lado de Robby—. Dígannos cómo volvieron a HorrorLandia. Necesitamos saber. Necesitamos salir del Parque del Pánico.

Las chicas nos miraron sin comprender.

—No recuerdo —dijo Britney, y la barbilla le tembló—. Me siento tan extraña. Como si mi cerebro estuviera en las nubes.

—Yo tampoco recuerdo nada —dijo Molly negando con la cabeza—. Siento como si fuera una sonámbula o como si estuviera dormida.

En ese momento recordé la guía del parque que Matt había guardado en un bolsillo de sus jeans.

—Matt, la guía —dije señalando el bolsillo—. Nos mostrará dónde está la salida.

Matt sacó la guía y la abrió. El mapa del parque cayó al suelo.

Lo recogí y empecé a abrirlo, pero me detuve al notar un destello de color.

Algo verde y morado se acercaba a nosotros a través del parque gris.

Me tomó unos segundos darme cuenta de que se trataba de uno de los horrores de HorrorLandia.

—¡Byron! —gritó Carly Beth cuando la inmensa criatura se acercó a nosotros corriendo a toda velocidad.

—¡Menos mal que los encuentro! —dijo Byron con su voz profunda y sin parar de jadear.

Carly Beth lo miró enfurecida.

—¡Nos engañaste! —chilló.

Los demás también comenzaron a protestar.

—¡Este parque es horrible!

—¿Cómo pudiste mandarnos aquí?

—¡Es más peligroso que HorrorLandia!

—¡Por poco nos MORIMOS! —gritó Julie.

Byron alzó las garras tratando de calmarnos.

—Lo sé. Lo sé —dijo—. Discúlpenme.

—Pero *tú* fuiste quien nos dijo que aquí estaríamos a salvo —dijo Matt—. Tú fuiste quien nos ayudó a llegar hasta aquí.

—Ellos me engañaron —dijo Byron—. Me utilizaron. ¡Me mintieron!

Todos nos quedamos mirándolo. ¿Estaría diciendo la verdad?

—Los sacaré de aquí inmediatamente —dijo Byron mirando a su alrededor—. Este parque está muerto. No es un lugar para los vivos.

—Confiamos en ti antes —dijo Matt—. ¿Podremos confiar en ti ahora?

—Los llevaré a un lugar seguro. Se lo prometo —dijo Byron—. Pero tenemos que darnos prisa. Vamos. Síganme.

Nadie se movió.

—¿Cómo podemos volver a confiar en él? —le preguntó Michael a Matt—. Nos engañó una vez. Nos puede volver a engañar.

—No, escúchenme —dijo Byron.

Matt se volteó hacia Jillian.

—¿Puedes leer la mente, verdad?

Jillian asintió.

—Entonces, léele la mente a Byron —dijo Matt—. Dinos si está diciendo la verdad o si se trata de otro engaño.

Jillian miró a Byron.

Todos nos quedamos mirándolos en silencio. Esperando...

—Sí —dijo Jillian finalmente—. Puedo leer su mente.

17

Byron miró a Jillian.

—Esto es una locura. Estamos perdiendo tiempo —dijo.

—¿Está diciendo la verdad? —preguntó Matt.

Jillian asintió.

—Sí. No se trata de un truco. Está diciendo la verdad. Quiere ayudarnos.

—Uff. Menos mal —dijo Matt, y chocó los cinco con Byron—. Vamos, dinos qué tenemos que hacer.

—Síganme —dijo Byron—. Solo hay una manera de salir de aquí.

El horror comenzó a caminar dando grandes pasos hacia las atracciones. Teníamos que trotar para seguirle el paso.

Pasamos al lado de tres sombras que estaban en una tienda vacía. Se voltearon a mirarnos, pero no se movieron.

Luke se me acercó.

—No creo que debamos confiar en este horror —le susurré cuando vi que estaba a mi lado.

—Pero Jillian le leyó la mente —dijo Luke.

—Sí. Pero Jillian también me leyó la mente a MÍ y se equivocó —dije.

—Los poderes de su hermano son reales —dijo Luke frunciendo el ceño—. Ya no sé ni *qué* pensar.

Byron dobló en un sendero rodeado de árboles y todos lo seguimos.

—¿Qué hacemos? —susurró Luke.

—Tenemos que mantenernos con los chicos. Quizás Byron nos lleve a HorrorLandia, donde estaremos seguros —dije.

—Quizás —dijo Luke.

Los cuervos graznaban desde las ramas de los árboles que nos rodeaban. Vi otra sombra que nos miraba. Me volteé para mirarla y se escondió detrás del tronco de un árbol.

Byron se detuvo delante de dos setos muy altos. Los setos sobrepasaban nuestras cabezas y tenían muchísimas espinas. Miré por el espacio que había entre ellos y vi que todo estaba oscuro. Tan oscuro como la noche.

—Ten cuidado. Esas espinas son peligrosas —dijo Byron.

—¿Dónde estamos? —preguntó Carly Beth.

—A la entrada del Laberinto de la Medianoche —dijo Byron un poco nervioso—. Es un laberinto donde el tiempo no transcurre. Siempre es medianoche.

Michael se asomó también entre los dos setos.

—¿Nos vamos a meter ahí? —preguntó.

Byron asintió.

—El laberinto los llevará fuera del Parque del Pánico —dijo—. Los llevará de regreso a nuestro mundo. Es la única salida.

—¿Qué? —dijo Michael sin sacar la cabeza de entre los dos setos—. ¿Estás bromeando? ¿Es esta la única salida? ¿Dónde está la entrada principal del parque?

—No hay entrada —respondió Byron—. Mira el mapa y verás. Esta es la única salida.

Sentí un nudo en la garganta. No me gustan los pasadizos estrechos y mucho menos oscuros.

El pasado Halloween, mamá y papá nos llevaron a Luke y a mí a una casa embrujada en el centro de la ciudad. Dentro de la casa tuvimos que pasar por un estrecho pasillo lleno de cosas espeluznantes y en las habitaciones gente disfrazada nos saltaba encima para asustarnos.

No me gustó nada. Me asusté muchísimo.

Usualmente soy bastante valiente, pero allí me sentía atrapada entre tantos pasillos y habitaciones oscuras.

Y ahora, al mirar entre los dos setos, sentí el mismo miedo.

—¿Es complicado el laberinto? —pregunté temblorosa.

Byron se llevó una garra a la cabeza y se acarició un cuerno.

—Manténganse juntos y estarán bien —dijo bajito.

—¿Cuánto tiempo demoraremos? —pregunté.

—Eso depende —dijo Byron—. Manténganse juntos y no se separen. Veo que están asustados, y tienen razón para estar así. Pero si logran salir del laberinto, estarán bien. Se lo prometo.

—Espera —dijo Boone—. ¿Tú no vienes con nosotros?

Byron miró alrededor.

—Me quedaré aquí para vigilar la entrada —dijo casi susurrando—. Me aseguraré de que nadie los siga.

—¿Pero quién nos querría seguir? —pregunté—. No hemos visto a *nadie* en este parque.

—No hay tiempo para explicaciones —dijo Byron.

Me dio un pequeño empujoncito para que acabara de pasar entre los dos setos.

—Vamos, vamos. Dense prisa —dijo.

Me metí entre los setos y los demás chicos me siguieron.

El aire se sentía denso y hacía frío. Había un olor rancio, como cuando algo se ha quedado mucho tiempo en el refrigerador.

Los setos formaban paredes altas a ambos

lados de un estrecho sendero. Comenzamos a seguirlo. Matt se puso a la cabeza.

Entonces, escuché a Byron desde la entrada del laberinto.

—¡Buena suerte! —dijo.

18

Comenzamos a avanzar lentamente. Las ramas de los árboles cerca del laberinto no permitían que pasara la luz del sol e impedían que viéramos el cielo. Parecía medianoche.

Como el sendero era tan estrecho, teníamos que caminar en fila.

—¡Cuidado! Hay que doblar —dijo Matt.

El suelo se sentía mullido y húmedo. Mis zapatillas se hundían en el fango. Tenía que levantar bien los pies para poder avanzar.

Estaba casi al final de la fila, justo detrás de Luke. Caminaba con cuidado. Las espinas de los setos sobresalían por todas partes y parecían afiladas.

—¡Cuidado! Ahora hay una pendiente —dijo Matt.

Su voz se oía distante, como amortiguada por la vegetación.

—¿Cuán largo es este laberinto? —preguntó Robby.

Doblamos otra vez.

—¿Estamos caminando en círculos? —dijo Sheena detrás de mí.

El corazón me empezó a latir con fuerza. Me limpié el sudor de la frente con la manga de la camisa.

Volvimos a doblar. La oscuridad parecía intensificarse. Casi no podía ver a Luke, que estaba delante de mí.

De pronto nos encontramos en un área cuadrada. No había nada allí. Era solo un espacio vacío.

—¿Cómo podríamos saber que vamos en la dirección correcta? —preguntó Boone.

—Eso es imposible —dijo Carly Beth—. Es un laberinto, ¿recuerdas? Tenemos que continuar hasta encontrar la salida.

—Pero está muy oscuro —dijo Sabrina—. Podríamos seguir así por siempre.

—Sigan caminando y ya veremos —dijo Matt—. Hasta ahora vamos bien.

Seguimos adelante hasta que llegamos a otra área cuadrada. Mis zapatillas se hundieron del todo en el fango. Intenté sacarlas, pero no pude.

—Hay mucho fango —dijo Michael.

—Creo que estoy atascado —dijo Robby.

—¡Ay, qué asco! —se quejó Abby.

Me agaché para quitarme una de las zapatillas... y me quedé sin aliento. El fango me llegaba hasta los tobillos, ¡y me estaba hundiendo rápidamente!

—¡Es arena movediza! —gritó Abby—. ¡Por favor, ayúdenme!

Sentí que el fango comenzaba a subirme por las piernas, espeso y húmedo. ¡Estaba muy FRÍO! Traté de quitármelo y se me pegó a las manos.

Ya me cubría las rodillas y no podía mover las piernas. Y de pronto sentí que me llegaba a los muslos.

Todos comenzamos a gritar y a llorar.

A pesar de la oscuridad, vi como Billy se agarraba a un seto para tratar de escapar del fango. Pero justo entonces dio un chillido al pincharse con las espinas.

—¡Nos enterrará! —gritó Michael.

—¡No se muevan! —ordenó Carly Beth—. Mientras más se muevan más rápido se hundirán.

—¡TENEMOS que movernos! —gimió Julie—. Si no nos movemos no podremos salvarnos.

—¡Es como si el fango estuviera VIVO! —gritó Billy—. ¡Como si me tragara!

Sentía la garganta seca del terror. Traté de respirar profundo. El fango subía cada vez más y muy pronto me cubriría hasta la cintura.

Traté de apartarlo nuevamente. Intenté alzarme para salirme, pero mis manos se hundieron.

Los chicos continuaban gritando y luchando por salvarse.

—¡Auxilio! ¡Socorro!

—¡Parece cemento!

—¡Agárrate de mí! Tal vez los dos juntos...

Hice un esfuerzo para respirar. Me quedé lo más tranquila posible tratando de controlar mis temblores, tratando de controlar el miedo que sentía.

—¡Luke! —le grité a mi hermano, y traté de agarrarme de él, pero estaba muy lejos.

El fango le llegaba ya a la cintura. Tenía los brazos alzados, y se retorcía y daba vueltas desesperado.

Y entonces... sentí ALGO.

Mis zapatos habían chocado contra algo duro.

Me quedé inmóvil, conteniendo el aliento.

¿Qué fue?

Nos quedamos paralizados, en silencio. Miré a mi alrededor. Todos habían dejado de retorcerse.

—Eh, ya no me estoy hundiendo —grité. Me eché hacia delante y luego hacia atrás. A pesar del fango logré levantar un poco el pie derecho y lo volví a bajar—. ¡Toqué fondo!

—Yo también —exclamó Matt—. El fondo es firme. No nos vamos a ahogar.

Comenzamos a movernos como lombrices tratando de salir del fango.

Michael fue el primero que logró escapar, y empezó a ayudar a los demás.

Cuando todos salimos, nos alejamos de allí rápidamente.

—Estoy llena de fango —se quejó Julie—. Estos jeans están destruidos, tendré que echarlos a la basura. ¡Y miren mis zapatillas!

—Mis jeans se están poniendo tiesos —dijo Sabrina—. El fango se está secando y huele HORRIBLE.

—¿Y a quién le importa que la ropa esté sucia? —dijo Matt—. Lo único que importa es salir de este parque.

—Tengan cuidado, podría haber otras trampas —dijo Robby—. Este laberinto debe de estar repleto de sorpresas desagradables.

Doblamos otra esquina y... nos quedamos paralizados.

Las ramas de los árboles habían desaparecido y una luz gris brillante nos alumbraba.

Pestañeé tratando de que mis ojos se adaptaran a la luz. Vi entonces seis huevos inmensos colocados en hilera. Estaban dispuestos verticalmente, y cada uno de ellos era casi tan grande como un auto.

Escuché el ruido de algo que se quebraba. Contuve el aliento y escuché con atención. Se oyó otro potente ruido.

Vi entonces que aparecía una grieta en el

cascarón de un huevo que estaba en uno de los extremos de la hilera. Y luego fueron apareciendo otras grietas en los cascarones de los otros huevos.

Las crías estaban a punto de nacer.

—¿Son de verdad? —preguntó Carly Beth alarmada—. ¿Serán huevos de DINOSAURIO?

—Tienen que ser falsos —dijo Robby.

Michael se puso delante de nosotros.

—¡No! ¡Apártense! —dijo agitando los brazos para indicarnos que nos alejáramos.

Se oyó entonces otro crujido. Un pedazo de cascarón se desprendió de uno de los inmensos huevos y cayó a los pies de Michael.

—Yo sé de qué son estos huevos —dijo Michael—. Son huevos de monstruo. Ahí dentro hay crías de monstruo. Y tendré que enfrentarlas y luchar contra ellas. En una ocasión, yo mismo tuve que CONVERTIRME en un monstruo.

—Eso sí que suena rarísimo —dije en voz baja.

No lograba apartar la vista de los cascarones que seguían agrietándose.

Los huevos eran más altos que nosotros. Brillaban bajo la luz gris y espeluznante que los iluminaba. Su resplandor era cautivador... tanto, que me hizo acercarme.

No podía evitarlo.

Sin darme cuenta apenas, ya estaba al lado de uno de los huevos.

Un potente crujido me cortó el aliento.

Y una garra cubierta de un pegajoso mejunje verde salió del cascarón... y me agarró por el cuello.

Lancé un grito de terror.

Dos poderosas garras comenzaron a apretarme el cuello y ahogaron mi grito.

El huevo terminó por romperse. Un líquido espeso y amarillento brotó del fondo del mismo.

Una criatura que parecía un lagarto salió a tropezones del cascarón roto. Con su larga lengua negra se quitaba el moco que cubría toda su cara verrugosa.

Me agaché y traté de zafarme. Las garras del animal recién nacido estaban aún mojadas y resbalosas, por lo que logré escabullirme. Corrí a toda velocidad hacia donde estaban mis compañeros.

Todos chillaban horrorizados mientras veían como se iban rompiendo los demás huevos. Otros cinco monstruos verdes salieron de sus cascarones cubiertos de aquella asquerosa baba amarillenta.

Poco a poco fueron quitándose el moco que les cubría el cuerpo y la cara. Miraban a su alrededor con sus ojos negros y saltones y abrían y cerraban la boca amenazadoramente. Uno de ellos se quitó un pedazo de moco con tanta fuerza que el mismo voló por el aire y me salpicó.

—¡Ay, qué asquerosidad! —dije, y retrocedí a toda velocidad.

Los monstruos comenzaron a avanzar torpemente. Los trozos de los cascarones se hacían añicos cuando los pisaban con sus grandes patas de lagarto que estiraban una y otra vez, como probándolas.

Sus oscuros ojos muy pronto se concentraron en nosotros. Entonces, comenzaron a rodearnos y a levantar las garras aún húmedas y pegajosas. Desde sus entrañas salían gruñidos.

—Esto no es una broma —dijo Carly Beth susurrando—. ¡Son DE VERDAD!

—Ya se lo dije... yo los conozco bien —dijo Michael—. Una vez tuve que enfrentarme a monstruos como estos.

Agarró uno de los trozos de cascarón que había en el suelo y se lo tiró a una de aquellas horribles criaturas. Le dio en el pecho y rebotó.

El monstruo abrió las fauces, lanzó un furioso rugido y golpeó a Michael, que cayó de rodillas junto a mí.

—¿Estás bien? —le dije, y traté de darle la mano para ayudarlo a levantarse, pero no quiso.

—No, déjame, yo sé lo que tengo que hacer —dijo.

Los monstruos ya casi nos tenían rodeados, y agitaban las garras en el aire.

—Michael, levántate —grité—. Te van a atacar.

—Yo me encargo de ellos —respondió, y comenzó a caminar sobre los trozos de cascarones hasta llegar a uno rebosante de baba amarillenta.

—¡Michael, no! —gritó Carly Beth.

—¿Qué estás haciendo? —chilló Abby.

Michael se inclinó lentamente sobre el cascarón lleno de baba y comenzó a bebérsela.

Los monstruos se detuvieron y dejaron de gruñir.

Michael hundió la cara en el espeso mejunje amarillento. Parecía un animal.

Se me revolvía el estómago de solo mirarlo. ¿Cómo *podía* hacer aquello? ¿Cómo podía tragarse aquella asquerosidad?

Vimos con horror cuando Michael levantó la cara finalmente. Miró hacia donde estábamos. La baba amarilla le cubría las mejillas y goteaba de su barbilla.

Tragó y volvió a tragar.

Luego se puso de pie lentamente.

—¿Michael? —gritó Carly Beth.

Sin hacerle caso, Michael miró directamente a los monstruos. Pasaron varios segundos sin que sucediera nada.

Y entonces, noté que Michael comenzaba a cambiar.

Se le salieron los ojos de las órbitas. Su cara se alargó. Se le estiró la nariz... se le estiró tanto que se convirtió en un hocico de animal.

En su boca se asomaron dos hileras de afilados dientes. La piel se le fue oscureciendo hasta ponérsele de un color verde oliva.

Su cuerpo creció, los brazos se alargaron, su pecho se hizo ancho, tan ancho que la camiseta que llevaba se desgarró.

De sus dedos brotaron unas garras curvas y afiladas. Entonces, alzó la cabeza de monstruo y dejó escapar un rugido ensordecedor.

En unos segundos se había convertido en un verdadero monstruo.

Y entonces echó a andar rugiendo amenazadoramente y lanzando manotazos.

Agarré a Luke y retrocedimos dando tumbos. Los otros chicos se apartaron del camino.

Quería echarme a correr y buscar un lugar donde esconderme.

No quería ver el horrible combate, pero no podía apartar la vista de Michael cuando se lanzó contra las seis monstruosas criaturas.

Primero, clavó sus garras en la garganta de uno de los monstruos y luego le desgarró el pecho.

El monstruo dejó escapar un balido como si fuera un corderito mientras un río de sangre negra le brotaba por todas partes. Después lanzó un largo gemido y cayó derrotado.

Sin perder un segundo, Michael se lanzó rugiendo contra otro monstruo. Chillando como los dinosaurios de las películas, le clavó las garras en la cara y lo mordió en la garganta.

Y enseguida, Michael se lanzó contra todos los demás, desgarrando su piel aún húmeda, golpeándolos en la cabeza, dándoles puñetazos, destrozando sus cuerpos con sus poderosas garras.

Paralizada por el terror, yo seguía agarrada a Luke. Ambos observábamos en silencio el combate mortal. En menos de un minuto, los seis monstruos yacían despatarrados en el suelo, inmóviles y con los ojos en blanco y sin vida mirando al vacío.

Michael levantó la vista al cielo y lanzó un rugido victorioso.

Se golpeó el inmenso pecho verde con los puños. Volvió a rugir y pateó el suelo con fuerza, y siguió rugiendo y pateando y bailando por un buen rato.

"Está fuera de control —pensé—. ¡Se ha convertido en un MONSTRUO de verdad!"

Entonces, con un gruñido animal, se volteó y se apartó de los monstruos muertos. Le pasó a uno por encima. Cuando le pisó la panza, se oyó un sonido como cuando uno pisa una fruta podrida.

Michael siguió adelante, hacia donde yo me encontraba, totalmente petrificada.

Estaba fuera de control... ¡Fuera de control!

Me clavó la vista... y lanzó un gruñido furioso. Levantó las garras como si fuera a atacar.

¡Y de un salto se abalanzó sobre mí!

—¡NOOOOO!

Dejé escapar un chillido y me incliné hacia la derecha tratando de evadirlo.

Me incliné de tal manera que caí al suelo.

Oí los gritos de mis compañeros.

Sin aliento, me volteé.

Me tomó unos segundos darme cuenta de que Michael no me había atacado.

Había saltado más allá de donde yo estaba, hacia uno de los cascarones rotos. Había caído de rodillas e inmediatamente comenzó a beberse la asquerosa baba amarilla.

Hacía un ruido semejante al que hacen los perros al beber agua.

Gruñó y se tragó la baba espesa y pegajosa.

Cuando finalmente levantó la cabeza, era otra vez Michael. Pestañeando, se quitó un poco de baba que tenía en los ojos. Se puso en pie y se limpió la barbilla con la camiseta destrozada.

Al fin dejó escapar un largo suspiro.

—Discúlpame —dijo.

Me agarró por los brazos y me ayudó a levantarme. Sus manos estaban pegajosas.

—¿Te había sucedido algo así antes? —pregunté.

—Aún tengo algo de monstruo —dijo asintiendo—. Parece que no puedo quitármelo del todo.

Matt señaló a los monstruos que yacían muertos a nuestros pies.

—Quizás sea BUENO tener algo de monstruo —dije.

Una vez más nos pusimos en camino, esta vez pasándole por encima a los cascarones que estaban en el suelo. Matt y Michael encabezaban la marcha entre los altos setos que formaban el laberinto.

Ahora el cielo gris proveía la única luz. Una bandada de pájaros pasó sobre nuestras cabezas, graznando ruidosamente.

—Deben de ser cuervos —me dijo Luke en voz baja. Incluso con la escasa luz que había, pude ver el miedo en la cara de mi hermano—. Lizzy, ¿y cómo sabemos que vamos en la dirección correcta? ¿Cómo sabemos que este laberinto nos llevará a la salida del Parque del Pánico?

Eran las mismas preguntas que me hacía yo una y otra vez. No supe qué responderle.

El suelo se hizo más duro y comenzó a soplar un viento frío.

Llegamos a otra bifurcación del laberinto.

—¿Cuál tomamos? —preguntó Matt rascándose la cabeza.

—Quizás sería más conveniente separarnos —dijo Boone—. Algunos podríamos tomar por este lado y otros por aquel.

—Ni pensarlo —dijo Jackson—. ¿Te olvidaste de lo que dijo Byron? Nos dijo que nos mantuviéramos unidos, pasara lo que pasara.

—Jackson tiene razón —dijo Carly Beth—. Todos queremos salir de este parque y lo haremos juntos. Vamos por el camino de la izquierda. Si no nos lleva a ninguna parte, podemos regresar a este punto y tomar el camino de la derecha.

Los pájaros volvieron a pasar graznando, esta vez en otra dirección. Sus graznidos eran aterradores. ¿Estarían tratando de advertirnos de algún peligro?

Los graznidos me produjeron un escalofrío.

Nos pusimos de nuevo en marcha, esta vez de dos en dos, por el camino de la izquierda. Me dolía un lado del cuerpo por la caída y tenía los jeans cubiertos de un fango reseco que olía a leche agria.

Luke y yo íbamos ahora casi a la cabeza del grupo, detrás de Matt y Michael, que seguía hablando de los monstruos.

—¿Cómo habrán llegado al Parque del Pánico? —decía—. Los derroté a todos la primera vez que nos enfrentamos. ¿Cómo me siguieron hasta aquí?

Matt abrió la boca para responder, pero no llegó a decir ni una palabra porque justo en ese momento una chica que iba detrás de nosotros lanzó un grito de espanto. Me di vuelta y vi que era Carly Beth.

Señaló algo que había delante.

—¡No, no! ¡No lo puedo *creer*! —dijo.

Entrecerré los ojos para ver mejor en la escasa luz.

Una hilera de máscaras horrorosas flotaba en el aire.

Al inicio pensé que estaban colgadas de una cuerda o un alambre. Pero al acercarme un poco más me di cuenta de que flotaban libremente, ascendiendo y descendiendo como globos de helio medio desinflados.

—Ay, no —dijo Carly Beth—. ¿Se dan cuenta? Esas cosas HORRIBLES nos están siguiendo. Primero en HorrorLandia, y ahora aquí.

Nos detuvimos a unos pasos de las máscaras y las observamos detenidamente.

Los agujeros profundos y vacíos de los ojos parecían mirarnos fijamente. Los labios gordos y gomosos subían y bajaban rítmicamente.

Las caras eran horripilantes: estaban llenas de verrugas y tenían colmillos afilados, el pelo estirado hacia arriba, las mejillas gordas e infladas... úlceras enrojecidas en la frente...

heridas y rasguños y marcas de puntos quirúrgicos.

—¿Serán máscaras de Halloween? —preguntó Julie.

—No. Están *vivas* —dijo Carly Beth.

Y en cuanto lo dijo, las máscaras comenzaron a hablar en jerigonza. Sus voces eran graves. Yo no lograba entender lo que decían.

Los labios gomosos subían y bajaban. Las cuencas vacías nos miraban sin expresión. Las voces espeluznantes formaban un concierto de gruñidos y gemidos.

Matt dio un salto y trató de agarrar una, pero la máscara saltó hacia arriba y se le escapó.

Al parecer, eso las enojó. Comenzaron a hablar más alto en la misma jerigonza, sus labios se movían más rápido y las mejillas subían y bajaban al ritmo de la conversación.

—Ustedes no me pueden ayudar —dijo Carly Beth con voz temblorosa—. Tengo que enfrentarme a ellas.

Su amiga Sabrina la haló para apartarla.

—Carly Beth, ¡no!

—Es a mí a quien buscan —dijo Carly Beth, y se acercó hasta colocarse debajo de las horribles máscaras. Entonces, dirigiéndose a ellas, dijo—: Es a *mí* a quien buscan, ¿verdad?

Una máscara de aspecto maligno se le acercó. La boca abierta de la máscara mostraba dos hileras de dientes curvos y afilados. En las mejillas y la frente se veían surcos profundos. Las cuencas vacías de los ojos estaban delineadas con sangre.

—¡La Máscara Embrujada! Es a mí a quien buscas —repitió Carly Beth como si entonara un conjuro—. Es a mí a quien buscas…

—Carly Beth, ¡NO! —gritó Sabrina.

Era demasiado tarde.

—Es a mí a quien buscas… Es a mí a quien buscas…

Y Carly Beth agarró la horrible máscara y se la puso en la cara.

22

—Carly Beth, ¡no! —volvió a gritar Sabrina. Se lanzó hacia Carly y trató de arrebatarle la máscara. Pero Carly Beth la evadió con un rápido movimiento—. Se está pegando a tu cara —le gritó Sabrina—. ¡Se te está pegando!

Sí. Vi como la máscara verde se estiraba y se ajustaba sobre la cara de Carly Beth y se pegaba a su barbilla.

Todos mirábamos horrorizados. No sabíamos qué hacer.

Sabíamos que Carly Beth y Sabrina se habían enfrentado ya a la Máscara Maldita antes de haber venido al parque. Pero no teníamos ni idea de lo que sucedería a continuación.

La horrible máscara pareció derretirse sobre el rostro de Carly Beth... como si se fundiera con su piel.

Y entonces Carly Beth abrió la boca con los dientes afilados y curvos y emitió un rugido...

un rugido animal... No era un sonido humano; era un chillido lleno de maldad.

Al oír el estremecedor rugido, me volvió a recorrer un escalofrío.

Carly Beth, con el rostro cubierto por la máscara, miró hacia el cielo y volvió a rugir.

Me tapé los oídos. Sabía que aquel chillido horripilante no provenía de la chica sino de un ser maligno que expresaba así su furia infinita.

Las otras máscaras quedaron inmóviles en el aire.

La Máscara Maldita era ahora la cara de Carly Beth. Se había adherido a su rostro del todo. La boca gomosa y llena de dientes curvos era ahora *su* boca.

Lanzando otro aterrador rugido, Carly Beth dio un enorme salto y agarró otra de las máscaras. La sostuvo un instante con ambas manos y la DESGARRÓ en dos pedazos.

—¡AYYYY! —chilló la máscara.

Carly Beth dejó caer la máscara al suelo. Me quedé sin aliento. Podía oír los gemidos que dejaban escapar los pedazos de máscara.

Carly Beth comenzó a pisotearlos hasta que no se oyeron más gemidos. Luego dio otro salto y atrapó otra de las máscaras.

Gruñendo como un animal hambriento, rompió la máscara en dos.

La máscara gruñó y lloró. Y se quedó en silencio al caer al suelo.

Otras dos máscaras flotaban en el aire sobre nosotros. No trataron de escapar. Era como si estuviesen esperando su turno.

Pero luego chillaron y lloraron desesperadas cuando Carly Beth las despedazó y las pisoteó, como había hecho con las otras.

Entonces, Carly Beth se volteó hacia nosotros, levantó las manos como si fuera a atacarnos y dejó escapar una especie de balido, como un animal herido.

—AHORA les toca a ustedes —gritó con la voz ronca, la voz de la Máscara Maldita—. ¡Ha llegado SU turno! ¿Creen que pueden quedarse ahí como si nada? ¿Creen que pueden ESCAPAR a mi FURIA? —Sin previo aviso, saltó sobre la persona más cercana: su amiga Sabrina. La agarró y comenzó a apretarle el cuello—. ¡MUÉRETE! ¡MUÉRETE! —gritaba Carly Beth.

Los ojos de Sabrina parecían querer escapar de sus órbitas. La chica trató de retroceder, pero Carly Beth no la dejaba moverse. La estaba estrangulando...

Matt y Michael se lanzaron sobre Carly Beth y la agarraron por los hombros. Trataron de que soltara a Sabrina.

Carly Beth era bajita y delgada, pero los dos chicos no podían dominarla. La Máscara Maldita le había dado una fuerza animal... la fuerza de su maldad.

—¡MUÉRETE! ¡MUÉRETE!

Sabrina tenía la cara morada. Sus párpados estaban entrecerrados. Un gemido se escapó de su garganta. Sus rodillas se doblaron.

—¡Para, para! —gritó Abby, y se lanzó sobre la espalda de Carly Beth para ayudar a Matt y a Michael.

Carly Beth se retorció y rugió como un animal rabioso.

Y de pronto, Sabrina abrió los ojos y se enderezó un poco.

—Un gesto... de amor... —dijo tosiendo—. Lo que hace falta es un gesto de amor.

Yo, que observaba impotente lo que sucedía, no pude comprender lo que Sabrina quiso decir.

Pero con una fuerza nueva y desconocida, Sabrina agarró a Carly Beth por las muñecas y con un gemido desesperado logró que le soltara el cuello.

Luego, Sabrina agarró la horrible máscara por los dos lados, la haló hacia ella... ¡y la BESÓ!

23

Sabrina no solo besó la horrible máscara sino que tomó la cabeza de su amiga entre las manos y comenzó a frotarla suavemente, como si la estuviera acariciando, tratando de calmarla...

Carly Beth dejó escapar un breve suspiro. Las rodillas se le doblaron y cayó al suelo.

Sabrina siguió acariciando la horrible máscara verde que cubría el rostro de Carly. La acariciaba con infinita ternura.

—Lo que hace falta es un gesto de amor —susurró Sabrina.

Y luego sus dedos se hundieron en el rostro de goma y, dando un grito, tiró de la máscara con todas sus fuerzas hasta ARRANCARLA de la cara de Carly Beth.

La máscara dejó escapar un gemido. Cuando Sabrina la levantó sobre su cabeza, la máscara abrió la boca y lanzó un grito que rebotó en los altos setos.

Sabrina arrojó la máscara con todas sus fuerzas sobre los setos. Y entonces, poniéndose de rodillas, abrazó a Carly Beth.

Carly Beth pestañeó y sacudió la cabeza. Tosió y se aclaró la garganta.

Parecía aturdida, como si no supiera dónde se encontraba.

Finalmente, miró a su amiga.

—Sabrina, ¿estás bien? ¿Te hice daño?

—Estoy bien. Sabía que no eras tú, Carly Beth. Sabía que era la Máscara Maldita.

—¿Ven lo que está pasando? —dijo Michael—. Los monstruos que salieron de los huevos... la Máscara Maldita... Son los enemigos que hemos derrotado antes. Nos han seguido hasta aquí.

—¿Y la única forma de volver a casa es derrotarlos otra vez? —preguntó Matt.

Nadie dijo nada. Creo que todos estábamos pensando en los horribles enemigos que habíamos enfrentado antes de venir a HorrorLandia.

—Y... ni siquiera sabemos si vamos por el camino correcto —dijo Julie temblorosa—. A lo mejor estamos caminando en círculos. Y quién *sabe* lo que nos espera más adelante.

—No tenemos alternativa —dijo Matt finalmente—. No podemos volver atrás. Byron dijo que este laberinto nos conducirá a HorrorLandia.

—Matt tiene razón —dijo Robby—. No podemos

quedarnos aquí. Sabemos que estamos en peligro, y tenemos que seguir. Quizás tengamos suerte y en la próxima curva...

Su voz se apagó, y nadie más quiso agregar nada. Reemprendimos la marcha siguiendo el sendero entre los setos.

Oímos otra vez los pájaros graznar sobre nuestras cabezas. Ahora el cielo estaba tan oscuro que era casi imposible verlos. Seguimos adelante por un pasaje recto y largo.

—¿Qué hora es? —preguntó Jillian—. ¿Alguien tiene reloj?

Matt tenía un reloj con cadena que colgaba de una de las trabillas de su pantalón. Lo tomó en la mano y entrecerró los ojos para poder ver la hora.

—Son las doce de la noche —dijo.

—Byron nos dijo que en este laberinto *siempre* es medianoche —comentó Robby.

Seguimos la curva que teníamos delante. De repente, comenzamos a descender, como por una empinada ladera. El suelo se hizo arenoso y blando.

Nos encontramos con unas cañas altas que se mecían movidas por el viento y que nos bloqueaban el camino. Teníamos que apartarlas con las manos para abrirnos paso. Finalmente, salimos al otro lado de las cañas y nos encontramos en una orilla arenosa.

—¡Agua! —gritó Luke.

Nos detuvimos en la orilla. Estábamos ante un pequeño lago. El agua, que se veía de un color negro aterciopelado bajo un cielo sin estrellas, bañaba suavemente la arena a nuestros pies.

—¿Cómo podremos ir hasta el otro lado? —preguntó Michael—. ¿Nadando?

Algo se movía en el agua y escuché un sonido chirriante.

Entrecerré los ojos y pude ver una silueta. Era un barco.

—Ahí hay un barco —dije—. ¿Lo ven? ¿Ven las velas?

Todos miramos al lago. Y en ese momento, las nubes que cubrían la luna se apartaron. Una luz pálida cayó sobre el agua y pudimos ver el barco claramente.

Era un velero al estilo antiguo con dos altos mástiles. Las velas estaban desplegadas y se agitaban al viento. El barco se mecía suavemente en el agua.

Y entonces escuchamos voces que venían del barco. Las voces cantaban a coro:

"*Huesos que crujen; que te van a asustar.*
Los hombres se despiertan en el fondo del mar.
Ven con nosotros. Con estos hombres, ven,
a enfrentarte a tu sino con el Capitán Ben".

—¡Ay, NO! —gritaron Billy y Sheena Deep, mirándose espantados.

—Tenías razón, Michael —dijo Sheena—. Las cosas horribles que enfrentamos antes nos han seguido hasta el Parque del Pánico.

—Ya hemos escuchado antes esa canción de piratas —dijo Billy—. Sabemos de quién es ese barco... es de un pirata que murió hace doscientos años.

—Se hace llamar Ben Piernalarga —dijo Sheena—. Él... bueno, déjame ver cómo les explico... Billy y yo no le caemos nada bien.

—Tenemos que regresar —dijo Billy—. No sería bueno enfrentar nuevamente al Capitán Ben y sus piratas.

—No, Billy, no podemos regresar —dijo Matt—. ¿Quieren quedarse para *siempre* en este mundo lleno de sombras repulsivas? Tenemos que atravesar el lago.

Las luces del barco titilaron. Las velas se agitaron. Oíamos las voces de los piratas, sus ruidosas carcajadas.

Una ráfaga de viento comenzó a agitar las cañas a nuestra espalda. Chirriaban al doblarse con la fuerza del viento. Fue entonces que vi algo oculto entre las cañas.

—Increíble, miren eso —grité.

Salí corriendo por la orilla sin importarme que los zapatos se me hundieran en la arena. Las nubes habían vuelto a cubrir la luna, pero aun así veía lo que había descubierto.

Eran dos botes de remo parcialmente enterrados, ocultos entre las cañas.

Mis compañeros también se acercaron.

—Miren, caben ocho personas en cada bote. Perfecto —dije.

—De ninguna manera —protestó Billy—. ¿Qué propones que hagamos? ¿Ir remando hasta el barco pirata? ¿Preguntarle al Capitán Ben si podemos ir hasta la otra orilla?

El pobre chico estaba temblando. No podía ocultar el terror que sentía.

Su hermana Sheena se echó el pelo hacia atrás y miró los botes con tristeza.

—No me parece buena idea —dijo negando con la cabeza.

—Podemos cruzar el lago sin acercarnos al barco —dije yo—. Podemos tratar de evitar el barco pirata. Miren lo oscuro que está.

—Lizzy tiene razón —dijo Carly Beth—. Podemos mantenernos tan cerca de la orilla como sea posible para que los piratas no nos vean.

Billy y Sheena no estaban de acuerdo. No querían hacerlo, pero tampoco se querían separar del resto del grupo.

Finalmente, aceptaron ayudarnos.

Tratando de no hacer ningún ruido, arrastramos los botes hasta el agua deslizándolos suavemente sobre la arena. Entraron al agua sin hacer apenas ningún ruido.

Luego nos subimos a los botes, ocho en cada uno. Teníamos el espacio justo. Hallamos los remos en el fondo de cada embarcación.

Luke y yo estábamos sentados en la popa del primer bote. Saqué un par de remos y los probé en el agua.

Las voces de los piratas revoloteaban sobre el lago. Podía escuchar sus gritos de enojo. Luego escuchamos un golpe muy fuerte y unas risotadas.

—Están demasiado ocupados para ponerse a mirar al agua —le susurré a Luke—. No nos van a ver.

Robby iba remando en la proa de nuestro bote. Yo remaba en la popa.

El estrecho bote avanzaba lentamente. Estaba casi hundido en el agua debido al peso que llevaba. Tenía que aplicar toda mi fuerza para hacerlo avanzar.

Navegábamos muy cerca de la orilla. Veía las cañas mecerse con el viento. Era agradable sentir el viento fresco en mi cara sudorosa.

Remaba y remaba bajando y subiendo los remos.

De pronto, el bote se balanceó violentamente. La quilla se levantó en el aire y luego cayó sobre la superficie del agua salpicándonos.

—¿Qué fue eso? —dijo Robby en voz baja—. Aquí pasa algo muy raro.

—Sigue remando —dije—. Ve despacio y sin parar.

El viento acalló mi voz. No sé si Robby me oyó.

El bote volvió a balancearse. Volvió a levantarse sobre el agua y cayó de nuevo salpicando agua.

Me asomé por la borda. El agua estaba en calma. ¿Por qué saltaba nuestro bote como un potro salvaje?

Volteé la cabeza y miré hacia el otro bote. Lo vi balancearse como si hubiese chocado contra una ola grande. A Matt se le cayó uno de los remos al agua.

Nuestro bote volvió a alzarse.

—Esto es muy RARO —dijo Abby—. ¿Por qué estamos dando tumbos? El lago está LISO como un plato.

Traté de concentrarme en remar. Lento y constante. Lento y constante.

Se me cortó el aliento cuando me di cuenta de que nos habíamos alejado mucho de la orilla.

Cada momento nos acercábamos más al centro del lago… cerca del barco pirata.

—Vira, vira hacia la orilla —le dije a Robby que estaba en la proa.

—¡No puedo! —me respondió—. Lizzy, no puedo controlarlo.

Volví a meter los remos en el agua y remé con todas mis fuerzas tratando de hacer que el bote regresara a la orilla.

Pero Robby tenía razón: no podíamos controlarlo.

Era como si el bote navegara solo.

¿Sería una trampa? ¿Estaría el bote programado para ir hacia el barco pirata?

Fuera lo que fuera, hacia allí nos dirigíamos. Los dos botes. Seguimos meciéndonos hacia atrás y hacia delante... y seguimos avanzando en dirección al barco pirata.

Cuando estuvimos al lado del barco, vi que había piratas en la cubierta. Por lo menos una docena. Casi todos eran esqueletos que llevaban chaquetas de color oscuro y camisas con volantes. Su ropa estaba sucia y rota y las camisas podridas apenas cubrían los huesos.

Nudos de cabellos ralos y sucios les caían sobre las cuencas vacías de los ojos. De sus cráneos colgaban almejas y caracolas.

Varios se inclinaron sobre la borda para mirar al agua, con sus huesos blancos brillando a la pálida luz de la luna, listos para recibirnos.

24

“Huesos que crujen; que te van a asustar.
Los hombres se despiertan en el fondo del mar”.

Los piratas cantaban mientras nos subían uno por uno a la cubierta de su barco. Cantaban a un ritmo lento y aterrador. Sus voces eran roncas: voces de muertos. Y supe enseguida que mientras viviera, jamás iba a poder olvidarlas.

“Ven con nosotros. Con estos hombres, ven,
a enfrentarte a tu sino con el Capitán Ben”.

El barco se balanceó suavemente en el agua. Nos apiñamos, temblorosos, observando a los piratas sonrientes.

Cuando se movían, sus huesos repiqueteaban. A dos de ellos les entraban y les salían gusanos morados por los hoyos de la nariz. A uno de ellos aún le colgaba en la cara un poco de piel cubierta de moho verde.

Matt encaró a los piratas.

—¿Qué quieren? Nosotros no los hemos molestado. Déjennos irnos de este barco.

Los piratas emitieron gruñidos, pero no respondieron. Formaron una hilera para cerrarnos el paso. Uno de ellos se rascó la cabeza y se quedó con lo que le quedaba de pelo en la mano.

Otro pirata empezó a toser como si se estuviera ahogando. Me quedé sin aliento cuando lo vi soltar una babosa medio digerida que escupió sobre la cubierta.

—¿Van a dejarnos ir? —repitió Matt.

Silencio. El barco chirrió bajo nuestros pies.

Escuchaba el agua golpear contra el casco. Y escuchaba también los acelerados latidos de mi corazón.

La canción de los piratas todavía resonaba en mis oídos. Sus miradas desde aquellas cuencas profundas y vacías eran demasiado horripilantes para creer que fueran reales.

Cerré los ojos, pero cuando los abrí, los piratas seguían allí.

—¿Nos podrían llevar a la otra orilla? —preguntó Billy con voz temblorosa y casi inaudible—. Solo queremos ir hasta el otro lado del lago. ¿Nos pueden llevar hasta allá?

Los piratas comenzaron a reírse a carcajadas. Era una risa ahogada que sonaba más como el ruido que se hace al vomitar.

Y de pronto dejaron de reír. Sentí unos pasos sobre la cubierta, detrás de los piratas, que se apresuraron a quitarse del medio dando tumbos. Retrocedieron hasta las bordas. Sus huesos repiqueteaban al caminar.

Un pirata se acercó muy sonriente. Tenía una muleta y la cara completa, pero la piel estaba muy arrugada y escamosa. Al acercarse me di cuenta de que sus ojos eran acuosos como si fueran huevos hervidos, y los tenía hundidos.

Llevaba un sobretodo negro de botones dorados. Sus pantalones marineros estaban hechos jirones.

La muleta golpeaba la cubierta del barco como un tambor. Su delgado bigote se levantó cuando sonrió. Tenía los dientes de color café.

—Es el capitán Ben —dijo Billy.

El pirata hizo una pequeña reverencia.

—A sus órdenes —dijo con una voz que sonaba como si hablara bajo el agua. Sus ojos hundidos nos miraron atentamente hasta que se detuvieron en Billy y en Sheena—. Bueno, bueno, bueno, mis queridos amigos, así que volvemos a encontrarnos —dijo.

—¡Déjenos ir! —gritó Sheena—. No queremos molestarlo.

El Capitán Ben soltó una risita burlona.

—Así que volvemos a encontrarnos —repitió el capitán, y el bigote le subía y le bajaba como un gusano sobre la boca.

—¿Qué quiere de nosotros? —preguntó Billy.

El pirata dio un paso más hacia nosotros.

—La Amenaza nos prometió venganza —dijo.

—¿Quién? —preguntaron Billy y Sheena al unísono.

—¿Quién es La Amenaza? —preguntó Billy.

El Capitán Ben volvió a reírse.

—Es una lástima que no vayan a vivir lo suficiente para descubrirlo.

25

Apoyado en su muleta, el Capitán Ben caminó hacia la borda. Sus hombres se apresuraron a abrirle el paso.

La arrugada piel de su cara brillaba a la luz de la luna. Su sonrisa se hizo más amplia. Señaló la tabla estrecha y plana que sobresalía del casco del barco.

—La plancha —dijo—. ¿Qué sería de un barco pirata sin plancha, marineros?

Uno de los piratas comenzó a toser de nuevo. Se había atorado con una rana podrida. Se la sacó de la boca y la lanzó al agua. Escuché cuando golpeó la superficie.

—Todos ustedes van a caminar por la plancha a medianoche —dijo el Capitán Ben con su voz ronca—. Y adivinen algo. Ya es medianoche. *Siempre* es medianoche en el Laberinto de la Medianoche.

A los piratas aquello les pareció muy divertido. Todos comenzaron a reírse y a toser y a mover sus cráneos pelados hacia delante y hacia atrás.

—El agua es profunda, queridos amigos —dijo el Capitán Ben inclinándose sobre la borda—. Profunda y fría. Demasiado fría para sobrevivir en ella por mucho tiempo.

Sentí terror. Las piernas me temblaban.

¿Estaría hablando en serio? ¿De veras estaba planeando echarnos al agua?

Ya sabía la respuesta a esas preguntas. *Por supuesto* que hablaba en serio. Era un malvado y quería vengarse.

La palabra *venganza* resonó en mi mente. Y en medio del terror, comencé a conectar ciertos puntos.

El Capitán Ben quería vengarse de Billy y de Sheena.

¿Y la Máscara Maldita? ¿Y los monstruos de los huevos?

¿También ellos querían venganza? Si así era, ¿quién los había traído hasta aquí? ¿Quién los había reunido a todos aquí al mismo tiempo?

¿La misma persona que había invitado a estos chicos a HorrorLandia?

No tenía tiempo para seguir pensando en el asunto.

Dos piratas agarraron a Sheena por los brazos y la arrastraron por la cubierta hacia la plancha.

Sheena gritaba y trataba de liberarse de las manos huesudas de los piratas.

Pero los piratas eran muy fuertes a pesar de estar muertos. La levantaron y la pusieron en la plancha.

El Capitán Ben la miró con sus ojos acuosos.

—El agua es profunda aquí, señorita —dijo una vez más—. Si eres buena nadadora, quizás logres nadar la mitad del trayecto antes de que los cocodrilos te alcancen.

Otra vez los piratas se echaron a reír y se dieron palmadas unos a otros como si el capitán hubiese hecho un chiste muy gracioso.

Y entonces la risa cesó.

Dos piratas empujaron a Sheena.

—Por favor, no —rogó—. Por favor...

—¡Deje a mi hermana! —gritó Billy, y fue corriendo hacia el Capitán Ben, pero dos piratas le cerraron el paso.

Vi como las rodillas de Sheena se doblaban. Cayó pesadamente de la plancha al agua.

Las salpicaduras llegaron hasta la cubierta.

Me asomé por encima de la borda y miré al agua. Estaba demasiado oscura. Demasiado oscura para ver a Sheena.

—¡Sheena! ¡Sheena! —gritaba su hermano.

Silencio. No hubo respuesta.

El Capitán Ben soltó una carcajada.

—La venganza es dulce, amigos —dijo—.

¿Quién es el siguiente? ¿Qué les parece el hermanito menor?

Un pirata agarró a Billy.

—¡No! —gritó Billy.

Se agarró de la camisa de un pirata y le dio un jalón hasta que la desgarró. De las costillas del pirata colgaban pedazos de piel.

Billy se lanzó contra el pecho del muerto. Pero el pirata no cayó al suelo por el golpe. En su lugar, agarró a Billy y lo inmovilizó.

—¡No, no, no! —gritaba Billy mientras trataba de zafarse de los piratas que lo llevaban a la plancha.

Los piratas lo empujaron. Él abrió los ojos con una expresión de terror y salió disparado desde el extremo de la plancha.

Lo oímos caer al agua y las salpicaduras nos alcanzaron.

Miré nuevamente hacia abajo, a la superficie del agua. No se veía nada, la oscuridad era absoluta.

El Capitán Ben se echó a reír otra vez. Sus ojos hundidos brillaban de júbilo.

Abby cayó al agua después. Luego Robby. Luego Carly Beth.

Yo estaba temblando de terror. Me acurruqué tratando de controlar los temblores.

Luke se recostó contra mí. Las lágrimas le corrían por las mejillas.

—Lizzy —susurró—. Lizzy...

Estaba tan asustado que no le salían las palabras. Le apreté la mano.

—Nosotros somos buenos nadadores, ¿no es cierto? —le dije en voz baja—. Vamos a salir de esto nadando.

—Pero… el pirata dijo que…

Uno de los piratas agarró a mi hermano antes de que pudiera terminar la frase. Luke trató de zafarse, pero el pirata lo alzó sobre la borda y lo empujó hacia la plancha.

Cerré los ojos. No podía soportar ver a mi hermano caer al agua.

Cuando lo oí caer se me escapó un grito.

Mi grito de horror se convirtió en rabia. Cerré los puños… y me lancé contra el capitán de los piratas, que se reía a carcajadas.

Sorprendido, el Capitán Ben levantó la muleta para defenderse.

Agarré la muleta y de un tirón se la quité, pero dos piratas esqueléticos se me echaron encima y me llevaron hasta el borde de la cubierta.

—¡No! ¡NOOOO! —gritaba una y otra vez.

Entonces unos huesos me levantaron y me pusieron en la plancha.

Y me empujaron con fuerza.

Caí al agua lanzando un grito de terror.

Caí de plano contra la superficie, levantando olas a mi alrededor. El impacto contra el agua me estremeció.

Tomé aire y aguanté la respiración al hundirme. El agua estaba tan fría que los brazos y las piernas se me agarrotaron.

El corazón se me quería salir del pecho. Sentía la pulsación de la sangre en mis sienes.

Sentí pánico. Un pánico que me dejó paralizada por un momento.

Finalmente levanté los brazos y comencé a mover las piernas.

El lago era más profundo de lo que había imaginado. Cuando logré salir a la superficie estaba casi ahogándome, desesperada por una bocanada de aire.

Me quité el agua de los ojos y miré a mi alrededor buscando a Luke.

¿Dónde estaba? ¿Y dónde estaban los otros chicos?

Las mansas olas lamían el casco del barco pirata.

—¡Eh! —Traté de gritar para que alguien me escuchara, pero el pánico ahogaba mi voz—. ¿Luke? Luke, ¿dónde estás?

Miré la plancha, que sobresalía de la cubierta del barco, allá en lo alto. A pesar del ruido del viento y de las débiles olas, podía escuchar las roncas voces de los piratas y sus risotadas.

Todos habíamos caído directamente de la plancha al agua. Los otros *tenían* que estar cerca. Pero, ¿por qué no los veía?

¿Dónde estaban?

—¡Luke! —grité alzando la cara hacia el cielo—. Luke, ¿dónde estás?

La débil luz de la luna iluminó las negras aguas. El lago estaba vacío.

"Estoy sola aquí", me dije, y de solo pensarlo quise gritar o echarme a llorar.

Estoy sola... no hay nadie más aquí.

Y los demás, ¿se habrían AHOGADO?

Volví a respirar profundo, me zambullí en las aguas del lago y comencé a nadar hacia el fondo, alejándome de la sombra del barco pirata.

Quizás mis compañeros iban más adelante, nadando también hacia la otra orilla del lago. Yo había sido la última en caer al agua. Quizás no los veía porque ellos me llevaban mucha ventaja.

Cuando regresé a la superficie, una ráfaga de viento me dio en la cara. Escupiendo, me di vuelta otra vez. Me puse una mano sobre los ojos y traté de ver lo que pasaba.

Solo se veía el agua oscura y en calma. Y la débil luz de la luna brillando en la superficie.

No había nadie.

Estaba sola.

Abrí la boca para volver a gritar, pero antes de que pudiera emitir sonido alguno, sentí que algo me arrastraba con fuerza al fondo.

Era como si una poderosa mano me hubiese agarrado y me halara hacia abajo.

Aterrorizada, comencé a bracear y a patear, tratando de zafarme.

Pero la fuerza que me halaba era demasiado poderosa. No podía hacer nada. Me fui hundiendo rápidamente en el agua.

La fuerza me seguía arrastrando, cada vez más hondo.

Era como si hubiera caído por una tubería.

"¡Esto fue lo que les pasó a los demás!", pensé.

Ese es mi último recuerdo antes de que la absoluta oscuridad me paralizara de terror.

27

El pecho me dolía de aguantar la respiración por tanto tiempo. Abrí los ojos... y vi el lecho del lago aparecer ante mí.

Estaba en el fondo. Una poderosa corriente me había llevado hasta allí.

Frente a mí vi un inmenso agujero negro. Era un rectángulo oscuro. La corriente me arrastraba... hacia el interior del agujero.

Me di cuenta de que era un túnel. Un túnel largo y estrecho en el fondo del lago.

No importaba lo que fuera. No tenía alternativa, la poderosa corriente me arrastraba por el túnel submarino sin que yo pudiera evitarlo. Cada vez a mayor velocidad.

Si por lo menos mis pulmones pudieran resistir tanto tiempo sin aire. Si por lo menos el pecho no me EXPLOTARA.

Todos mis músculos estaban tensos. Puse los brazos junto al cuerpo y dejé que la corriente me arrastrara.

El dolor que sentía en el pecho se extendía ahora por todo el cuerpo. Era un dolor intenso que me recorría los brazos, la espalda, las piernas. Sabía que no podría aguantar mucho más tiempo sin respirar.

Y entonces escuché un potente zumbido y sentí que algo me empujaba por atrás.

Ahora ascendía por el estrecho túnel a toda velocidad... y de pronto sentí que salía del agua.

Desesperada, aspiré una gran bocanada de aire. Respiré profundo y comencé a jadear y toser, con el corazón saltándome en el pecho.

Sacudí la cabeza y me quité el agua de los ojos. Me di vuelta mirando a todas partes, tratando de ver dónde estaba.

Y entonces me pareció escuchar una voz.

Miré a lo lejos y vi que alguien me hacía gestos desde la orilla. Y luego vi a otros dos chicos. Y luego algunos más que salían en ese momento del agua dando tumbos.

—¡Luke! ¡Luke! —grité al ver que mi hermano caminaba hacia la orilla del lago, aunque todavía tenía el agua hasta la cintura—. ¿Estás bien?

—Me imagino que sí —dijo emocionado—. Creo que salimos de esta, Lizzy.

Me acerqué a él, lo tomé de la mano y lo ayudé a salir del agua.

—¡Escapamos! ¡Salimos con vida! —grité.

Todos nos reunimos. Estábamos chorreando agua y temblando. Conté. Éramos dieciséis. No faltaba nadie.

—¡Estamos VIVOS! ¡VIVOS! —gritó Michael levantando los puños en alto.

La celebración no duró mucho, pues estábamos empapados y muertos de frío. Yo estaba exhausta. Nunca había estado tan cansada en mi vida.

Temblaba sin parar. Y no era solo por el frío... temblaba de miedo.

Cruzando los brazos para controlar los temblores, miré hacia el agua. Pude ver el inmenso casco negro del barco pirata meciéndose en el centro del lago.

—Estamos del otro lado —dijo Carly Beth escurriéndose el agua de los cabellos—. Ese túnel submarino debe de ser parte del laberinto. Nos trajo hasta donde queríamos llegar.

Me volteé y vi las altas paredes que formaban los setos.

—Parece que el laberinto continúa ahí —dije.

—Quizás estemos cerca del final —dijo Abby sin mucha convicción—. Estoy tan... tan cansada. No sé cuánto más... —añadió, pero un sollozo le impidió terminar la frase.

Julie la abrazó.

—Entre todos lo conseguiremos —le dijo—. Vamos a salir de este laberinto. Byron nos dijo que era posible salir de él y nos dijo también que nos conduciría a HorrorLandia.

Sin decir más, comenzamos a caminar por el sendero entre los setos. Luke y yo íbamos juntos, prestando atención al camino que teníamos por delante.

—Hemos estado muchas horas en este laberinto —dijo Luke—. Tenemos que estar cerca del final, ¿verdad?

—Eso espero —dije yo—. Y no voy a ver otra película de terror en lo que me queda de vida.

—Sí, y se acabaron los libros de horror y los juegos de video espeluznantes —añadió Luke, y ambos nos echamos a reír—. Cuando regresemos a casa, nos vamos a pasar todo el tiempo viendo *Bob Esponja* y el canal de Disney.

—Un momento, Luke —dije deteniéndolo—. Mira... ¿será ese el final del laberinto?

—¡Increíble!

—¡Miren eso!

Todos nos detuvimos. Los setos se acababan a unos metros de ahí. Y más allá se veía una luz gris brillante.

Un aire cálido nos llegaba desde el final de los setos. Respiré profundo... y me eché a correr. Los demás me siguieron.

Cuando salimos del laberinto, vimos un inmenso letrero en blanco y negro que había sobre una pared de ladrillos.

El cartel de letras grandes decía: **¡BIENVENIDOS A HORRORLANDIA!**

Todos comenzamos a gritar y a aplaudir. Saltábamos y chocábamos las manos celebrando nuestro triunfo.

Abracé a Luke y nos reímos y gritamos de alegría.

Por encima del hombro de mi hermano, vi a seis horrores que se acercaban corriendo.

—¡Sí, sí! —grité feliz—. ¡Lo logramos! ¡REGRESAMOS!

28

Los horrores verdes y morados venían corriendo a toda velocidad hacia nosotros. Sus pasos resonaban sobre el pavimento. Tenían los pechos peludos desnudos bajo los overoles. De sus cabezas brotaban cuernos curvos que brillaban bajo la intensa luz.

Hicimos silencio. Los horrores no parecían ser parte de un comité de bienvenida.

Nos miraban con frialdad. Parecían muy disgustados.

Cuando estuvieron a nuestro lado, formaron una hilera y abrieron los brazos, como para impedirnos el paso.

—¡Regresamos! —gritó Matt.

—¡Por fin logramos regresar a HorrorLandia! —exclamó Carly Beth.

Los horrores no dijeron ni una palabra. Seguían mirándonos en silencio.

De repente, me di cuenta de que algo no marchaba bien.

Los horrores tenían sus colores habituales: morado y verde. Pero justo detrás de ellos todo era blanco y negro.

Señalé el letrero del muro.

—El letrero... —les dije a los horrores—. Estamos en HorrorLandia, ¿verdad? El letrero dice que estamos en HorrorLandia.

Algunos de los horrores se echaron a reír.

—¡Qué chistoso! —dijo uno de ellos en voz baja.

—Él tiene un fantástico sentido del humor —añadió otro de los horrores en tono burlón—. No te preocupes, muy pronto sabrás si estás en HorrorLandia.

—¿Quieren decir... que aún estamos en el Parque del Pánico? —pregunté.

—¿De quién hablan ustedes? —preguntó Carly Beth—. ¿*Quién* tiene un fantástico sentido del humor?

—Sí. ¿Y quién puso ese letrero ahí? —preguntó Matt.

Los horrores no respondieron. Seguían inmóviles, mirándonos fríamente.

—¿Qué quieren? —preguntó Matt—. ¿Por qué nos están vigilando? ¿Qué nos van a hacer?

Los horrores no se movieron ni dijeron una palabra. Sentí que una oleada de pánico me recorría el cuerpo. Comencé a temblar.

—No quieren hablar, pero tú puedes leerles la mente, ¿verdad? —le dijo Matt a Jillian.

La chica se acercó y miró a uno de los horrores,

una criatura inmensa que tenía una pelambre amarilla sobre su cabeza verde.

—Vamos —le pidió Matt—. Apúrate. Léele la mente. ¿Qué están planeando hacer con nosotros?

Jillian entrecerró los ojos mirando fijamente al horror y se concentró.

Él le devolvió la mirada sin decir nada.

Pasaron unos segundos. Luego Jillian retrocedió.

—No... no puedo —dijo tartamudeando—. Son horrores, no son humanos. No les puedo leer la mente.

Dejé escapar un grito de desesperación y agarré a Jillian por los hombros.

—Jillian, ¿cómo fuiste CAPAZ de hacernos esto? —le grité.

Con un gesto brusco se soltó de mis manos y me empujó.

—¿A qué te refieres? —preguntó gritando.

—Tú nos mentiste. ¡No eres más que una MENTIROSA! —le dije.

Ella me miró asombrada,

—Lizzy, Lizzy, estás loca. ¡Estás totalmente loca!

—No —insistí yo—. Tú nos dijiste que le habías leído la mente a Byron, ¿recuerdas? Cuando vino aquí y nos llevó al Laberinto de la Medianoche. Te pedimos que le leyeras la mente.

Te preguntamos si Byron nos estaba diciendo la verdad.

—Sí, ¿y qué? —dijo Jillian en tono burlón.

—Tú nos dijiste que le habías leído la mente a Byron. Nos dijiste que él nos estaba diciendo la verdad. Y nos dijiste que podíamos confiar en Byron. Pero Byron es un horror. Y *ahora* dices que no les puedes leer la mente a los horrores.

—Bueno... —dijo Jillian poniéndose colorada y dando un paso atrás.

—Eres una mentirosa —repetí, acercándome a ella hecha una furia—. Dijiste mentiras sobre mí y lo que dijiste de Byron era mentira también. ¿Por qué lo hiciste?

Jackson se metió entre nosotras.

—Deja en paz a Jillian —dijo—. Deja tranquila a mi hermana.

Matt le dio un empujón a Jackson, haciéndolo caer de espaldas al suelo.

—Ustedes *dos* son unos mentirosos —dijo Matt—. Creímos que eran nuestros amigos. ¿Por qué nos engañaron? ¿Por qué nos hicieron esto?

La cara de Jillian se puso aún más colorada. Los ojos se le llenaron de lágrimas. Negó con la cabeza como si no supiera qué decir.

—Yo... yo... —tartamudeó.

Y entonces los horrores retrocedieron y un hombre se acercó y pasó entre ellos.

Llevaba un traje negro sobre una camisa

negra. Tenía un sombrero de ala ancha que le ocultaba buena parte del rostro.

—Adelante, a pelear —dijo con una voz grave—. Dale, Lizzy. Tienes razón. Jillian te mintió. Jillian es una mentirosa. Hálale los pelos. Vamos, sácale los ojos con las uñas. Vamos, peléense todos. Esto me encanta. ¿No es FASCINANTE?

29

Trataba de ver la cara del hombre, pero la mantenía oculta bajo las anchas alas de su sombrero negro.

Lo observé detenidamente. Me di cuenta de que estaba vestido totalmente de negro. Tenía una corbata negra sobre la camisa negra. Incluso llevaba guantes negros.

Me aparté un poco de Jillian.

Jackson se incorporó y se paró al lado de su hermana.

Todos miramos en silencio al hombre de la voz grave.

—¿Nadie más quiere discutir? ¿Nadie quiere darme la oportunidad de ver una buena pelea? ¿De ver un poco de sangre?

Sonaba decepcionado.

—Solo queremos saber dónde estamos y qué es lo que pasa aquí —dijo Matt.

—Pues déjenme darles la bienvenida —dijo el

hombre—. Espero que hayan disfrutado su primera prueba en el Parque del Pánico.

—¿Prueba? —gritó Michael.

—Quiero decirles que salieron muy bien —dijo el hombre ignorando la pregunta de Michael—. Muy bien. Disfruté mucho viéndolos temblar de miedo. Así me gusta. ¡Miedo DE VERDAD! Y me gustó cómo lo enfrentaron. Fue impresionante.

—Este tipo es rarísimo —me susurró Luke—. ¿Estará *bromeando*?

—Ojalá —le respondí en voz baja.

—Ya sabía que eran chicos valientes —continuó el hombre—. Fue por eso que los seleccionaron. Y ustedes demostraron mucho valor en el Laberinto de la Medianoche. Pero todo eso era cosa de niños —añadió riéndose entre dientes—. Vamos a ver cuán valientes son, pues ahora sí van a tener una prueba HORRIPILANTE.

Nos quedamos paralizados.

Sentí que mi corazón dejaba de latir por un momento.

El Parque del Pánico había sido una experiencia *espantosa*. ¿Por qué estaba hablando de algo aún más *horripilante*?

—¿Quién eres tú? —preguntó Michael—. ¿Crees que nos puedes intimidar porque estás vestido de negro? ¿Por qué no dejas de molestarnos y nos dices lo que quieres?

El hombre se tocó el ala del sombrero.

—Me llamo Karloff Mennis —dijo—, pero casi todo el mundo me dice La Amenaza.

Mi corazón volvió a detenerse. De pronto sentí una sensación de malestar en el estómago. *La Amenaza*. Habíamos escuchado ese nombre antes.

—Soy su anfitrión —explicó el hombre—. Yo construí este parque y los he traído aquí por una razón. Necesito un favor de ustedes. Solo un pequeño favor, eso es todo.

—¿Un favor de *nosotros*? —preguntó Carly Beth temerosa.

El hombre asintió en silencio.

—Y si le hacemos ese favor, ¿podremos regresar a casa? —preguntó Carly Beth.

—Bueno... esa es la cuestión —respondió La Amenaza bajando la voz—. El pequeño favor que necesito es *este*: que se queden en el Parque del Pánico... ¡PARA SIEMPRE!

Continuará en...

NO. 12 LAS CALLES DEL PARQUE DEL PÁNICO

ARCHIVO DEL MIEDO No. 11

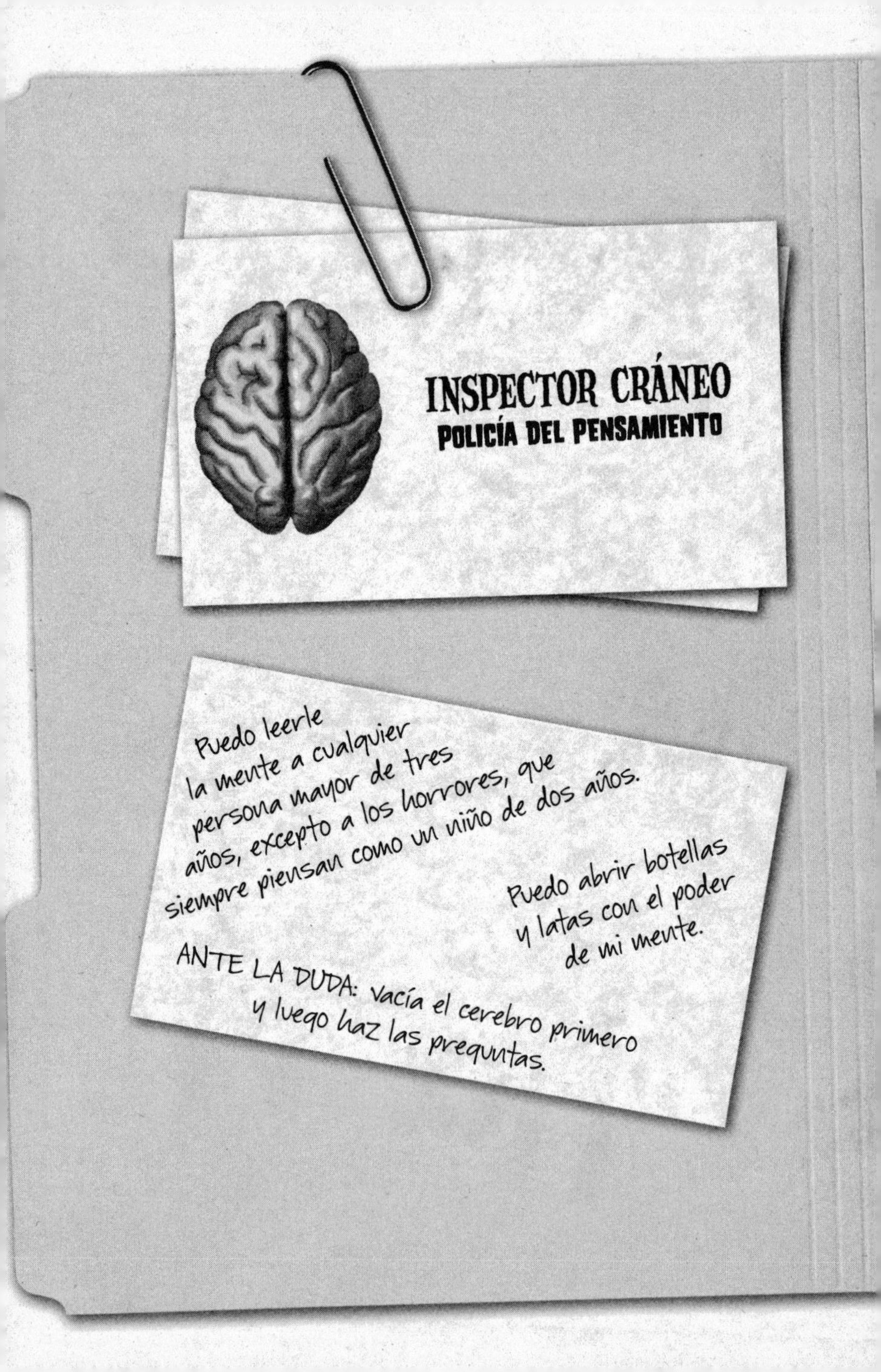
INSPECTOR CRÁNEO
POLICÍA DEL PENSAMIENTO
Puedo leerle la mente a cualquier persona mayor de tres años, excepto a los horrores, que siempre piensan como un niño de dos años.
Puedo abrir botellas y latas con el poder de mi mente.
ANTE LA DUDA: vacía el cerebro primero y luego haz las preguntas.

Preguntas absurdas frecuentes sobre el Vampire State Building

(también conocido como el Edificio del Vampiro).

El Vampire State Building se encuentra en la esquina de las calles Hollywood y Vena y es la estructura más alta de HorrorLandia.

P: ¿Cómo puedo ir hasta el Vampire State Building?

R: Vaya por la calle Guano Amarillo. No se le ocurra preguntarle a ningún vampiro cómo llegar. Los vampiros suelen ser más molestos que un dolor de muelas.

P: ¿Qué hay en el edificio?

R: Podrá encontrar la Plaza del Plasma, algunas tiendas como **ANTIGÜEDADES COLMILLOS** y restaurantes como **FILETES DRÁCULA.** En los pisos superiores hay jaulas de batear murciélagos y un multicine con seis salas donde todos los asientos son ataúdes.

P: ¿Se puede subir al último piso?

R: ¡Sí! Nuestro mirador está abierto cada noche desde la puesta del sol hasta el amanecer y le ofrece una vista única de HorrorLandia. Lo único que deberá dar para entrar es una pequeña donación (una o dos pintas, en dependencia de su tamaño).

P: ¿Por qué todas las ventanas están pintadas de negro?

R: Apúrese, venga ya y le responderemos esa pregunta en persona.

MAPA
#11
PLAYA DE
LOS BUITRES
BIENVENIDOS
DONANTES DE SANGRE

CRUCERO
EN ATAÚD
Conecta con el Mapa #9